初子さん

赤染晶子

palmbooks

目次

初子さん

一

あんパンとクリームパンしか売っていないパン屋に、初子さんは下宿している。店主が不器用であんパンとクリームパンしか焼けない。昭和五〇年代の京都といえども、それほどのどかなわけではない。あんパンとクリームパンだけで商売が成り立つのは、当時でも珍しい。薄らぼんやりとした店主は、時々パンの中身を間違えて作ってしまう。あんパンを買った人はそれをあんパンだと思って食べる。中からクリームが出てくる。あんパンとクリームパンしか売っていないのに、あんパンがあんパンでないことがある。クリームパンがあんパンの時がある。

店先に「交換はひとくちまで」という張り紙がある。あんパンを買ったつもりの人が、食べてみたらクリームパンだったと苦情を言いに来る。気の弱い店主は「すいませんなあ」とすぐ交換に応じるが、妻はたいてい、

「そやけど、もうえらい食べてはりますやん」

と言って突き返す。交換して欲しいなら、ひとくち食べた時点ですぐ来るべきだと思っているのだ。


近所の人がよくそんなことでパン屋をやっていられると皮肉を言っても、妻はその場は適当な愛想笑いをし、後から、

「パン屋が肉や野菜を売るようになったら、文句も聞こうやないか」

と開き直る。


このパン屋に住む初子さんは若い洋裁の職人である。パン屋もパン屋だが、初子さんも相当な人である。洋裁のことしか頭にない。まだ若いのに、いつもひょうたん柄の割烹着《かっぽうぎ》を着ている。割烹着のポケットは巻尺やら針山やら小さな鉛筆やらで膨らんでいる。年がら年中洋裁をしているので、割烹着は埃と糸くずがついて、初子さんのちょっとした動作の度にもうもうと埃が立つ。パン屋の狭い便所は初子さんがしゃがむ度に割烹着の埃が舞い上がり、いつもうっすらとタイルに埃が積もっている。

パン屋夫妻は初子さんに店番を頼むことがある。初子さんはこんなのんきな店の番などしている暇はない。つい気もそぞろになる。店の籠に小銭が足りないと、初子さんが自分のポケットから小銭を出す。初子さんのポケットの中は小銭だけではない。

「はい、おおきに」

客に手渡したものが、お金ではなくてボタンの時がある。

「わしゃ、狐に騙《だま》されとんのか」

と口の悪い客は言う。

「あんた、しっかりしてや」

とパン屋の妻に言われても「はあ」としか返事ができない。こんな人に言われたくないと初子さんが思っても、パン屋の妻がそう言うだけの理由がある。初子さんは出来上がった洋服の納品や配達に自転車で行く。

「また、よろしゅう」

と頭を下げて帰って来るが、気がつけば人の自転車に乗って帰って来ている。

笑って済ますことのできる話だけならいい。初子さんの夢中さは時々客に気味悪がられる。初子さんは自分の作った洋服をよく覚えている。町でそれを着た人に会うと、しげしげと見てしまう。直接、初子さんに頼んだ客ならまだしも、服地屋を通して依頼を受けた場合は客には初子さんがわからない。自分が作ったスーツを着た客が歩いていると、初子さんは上下の柄が合っているか気になる。縞でもチェックでも花柄でも上着とスカートの柄がひと続きになるように、初子さんは生地を裁断して縫う。客の中には無頓着な人がいて、スカートの中心を少し横にずらしたままはいている人がいる。初子さんはたまらなくなって、

「ずれてはりますやんか！」

と駆け寄ってスカートを直す。突然、そんなことをされた人は目が点になる。

配達で小学校の前を通った時には、校庭の子供たちを見る。初子さんの天敵は滑り台である。自分の作った洋服を着た子が滑り台を滑っているのを見つけると、思わず叫んでしまう。

「あかーん！　服が傷むやろー！」

雨の日も、自分の作った服を着てかまわず大股で歩く人を見ると、初子さんは気分が悪くなる。客が服地屋で自分で選んだ生地で職人に作らせた服なのに、なぜ、そんな無造作に着るのかと腹立たしくなる。

「泥、跳ねてますやん」

と思わずハンカチを持って駆け寄る。

「あんた、一生懸命なんはわかるけどなあ……」

と、パン屋も商店街の人も口を揃えて言う。初子さんも自制しなければと思うが、商品は客のものだと簡単に割り切れない。つい、鼻息荒く思わぬ行動に出てしまう。

パン屋の妻は意地悪く言う。

「あんた、えらい馬力やけど、優雅なこっちゃな」

いい若い者が錆びた足踏みミシンを朝から晩まで踏んでいる。実際、それで生活している。もう世の中はそんなのんきではないと言いたいのだ。

パン屋の主人はおとなしい人でぼんやりとものを言う。

「あんたも、ほれなんやな、もうちょっとな、ほれな」

何が言いたいかわからない。ただなんとなく、初子さんに何かを言いたいのだ。若い娘が嫁にも行かず、時代遅れにミシンを踏んでいるのをあまりよく思っていない。

初子さんは角が立たぬように、

「はあ」

とぼんやりと返事をする。本当はこの人にだけは言うことを言っておきたい気持ちで一杯である。

この夫婦の言葉に説得力などあるはずがない。初子さんの勢いなら、こんな言葉に負けるはずがない。しかしこのパン屋があまりに堂々と商売をし、あまりに初子さんの仕事が地味なので、初子さんはだんだんわからなくなる。若い初子さんがミシンを踏んでいるのを、商店街の人も「今時なあ」という目で見ている。初子さんにはそれに反論する言葉がない。ただ、自分はミシンがやりたい、それだけなのだ。

五年前にこの町に来た時には、パン屋や世間に負けない情熱があった。実際に仕事が来て何とか生活ができる。悪いことをしているわけではない。何を言われても気にしない。あんパンとクリームパンを間違えるパン屋と違って、まっとうな商売をして生きているのだ。それなのに、最近その頑なさが揺らいでいる。かなわないことがあったわけではない。子供の頃の夢の通り、洋裁の職人になった。仕事の依頼は絶え間なくある。これで問題ないはずである。何が不満なのか、何が足りないのか。これでいいはずである。このまま日々を送っていけばいいはずである。初子さんにはよくわからない。ただ、毎日がしんどい。今日も明日もずっと変わりそうになく続く日々がだるい。毎日、朝四時に起きて針を持ち、ミシンを踏み、昼間は採寸や配達に走り回る。食事をとる間もなく、とにかく働く。寝るのは日付が変わる頃になる。必死である。ミシンが好きだとか、それが生きがいだとか、そういうことは忘れている。そんな毎日をずっと送ってきた。人のあきれた顔も溜息も見て見ぬ振りをしてきた。それがなんとなく最近こたえる。何か後ろめたいような、もう、疲れたような、本当に嫁にも行かず何をやっているのか、そういう気持ちになる。

実際はこの町も商店街ものんきなところである。朝から晩までミシンの前に座り、息つく間もなく自転車で配達や納品をする初子さんのような必死さは、商店街の誰からも見られない。パン屋ほどでないにしても、皆、どこか暇つぶしのように商売をしている。人間が生きて生活する限り、どうしても日常のあらゆるものがいる。それをのんびりとお互いの生計をかけて支え合っている。

京都のこの地域では走っている人や急いでいる人がいない。初子さんのように、目を剝《む》いて、がに股で自転車をこぎ、ブレーキをキーキーいわせる人はいない。自転車に乗る人は倒れる寸前のぎりぎりのスピードでとろとろとペダルをこぐ。歩いている人にベルを鳴らしたりしない。気配を察して道をあけてくれるまで、ぐらぐらする自転車を何とかこらえる。歩いている人はぼんやりと歩くのでなかなか気づかない。

　この地域には、道のあちこちに地蔵がまつってある。ある程度の年の人はいちいち立ち止まり、地蔵に頭を下げ手を合わせる。小さな子供の手を引く人はまだうまく話せない子供に「まんまんちゃんあん」と手を合わせることを教える。狭い路地でこの光景に出会うと、じっと待つしかない。

　初子さんはこの地域よりも田舎の育ちである。数年前に、洋裁だけを頼りにふるさとを離れた。えいと見知らぬ土地に飛び込んだつもりでいたが、実際は名ばかりのパン屋に住み、のんきな町に暮らしだした。ここはなんとも小さな世界である。この地域には田舎ののどかさとは違う、どろりとした空気がある。昔、水のように澄んでいた空気が歴史や伝統を背負ううちに、水が水銀になった。見た目は似ているが、水銀は滝や川になれない。どっと勢いよく動くことができない。どろりと粘って、重たい力で人の動きや思考を封じる。この町の空気が、何も知らない外の人間から見ると、いつまでも美しい水に見えるのは本当は水銀だからである。水銀は腐らない。いつまでもきらきらと澄んだ水のように輝いている。

　初子さんはいつか自分もこの町を包む重たい水銀に溶け込んでしまうのではないか

と思う。怠けているわけではないのに、道を歩いても歩いてもどこにも辿《たど》り着かず、景色がいつも変わらない。時間だけがどんどん過ぎて、ただただ仕事に追われるだけである。せめてこんなパン屋の下宿を出て、どこかのアパートでひとりで暮らしたいという思いはあるがかなわない。何とか生活をしていけるだけの仕事をこなしているが、今の生活から抜け出すだけの力がない。まるで囚われの身のようにパン屋にいるしかない。もし大型スーパーができれば、こんなパン屋は風前の灯だろう。テレビや新聞では時代の進歩を唱えるが、どうもこの近所はまだゆるゆるとしか時間が流れていない。アポロ十一号が月に行ったことを皆知っているが、夜になればあそこには兎がいると言っても、ここでは誰も笑わない。

初子さんはせめて自分が店番をする時には、あんパンとクリームパンの中身が逆でないように祈っている。特に夏場になると強くそう思う。駄菓子屋のおじいさんが、夕涼みをしながら食べるあんパンを毎日三時頃に買いに来る。そのおじいさんにだけはいつもあんパンを渡したいと思っている。何の変哲もない無口な老人である。挨拶以外は言葉を交わしたことはない。話をしようにも話題を思いつかない。初子さんは時々洋服の納品や客の採寸に行く途中に駄菓子屋の前を通る。駄菓子屋の車庫の入り口で木箱に座って、あんパンを手におじいさんはぼんやりと夕涼みをしている。昔ならば仲間内で将棋でも指して、のどかに夕涼みをしたところだが、今はこの近所でもそういう風情は見られなくなった。初子さんはおじいさんが何か時代から取り残されたようで気の毒に思う。たったひとつのあんパンを手にして気が抜けたように遠くを見ている。そんなおじいさんを見ると、何だか物悲しくて仕方ない。このおじいさんが買うあんパンだけはどうかあんパンでありますようにと初子さんは願う。あんパンがクリームパンであっても、おじいさんは一度も交換に来たことがない。「お前、食え」と店番をしている駄菓子屋のおばさんにあげる。駄菓子屋のおばさんがパンを食べている日は、パン屋が間違えた日だと近所の人が言う。おじいさんは翌日にあんパンを買いに来た時に、「昨日、あんパンとちゃうかったで」と言う。それが自分が店番をしている日だと、初子さんは申し訳なくてしかたない。自分は洋裁の職人だと思っても、このおじいさんのあんパンに限っては責任を感じてしまう。パン屋の妻はこのおじいさんであっても毎日必ずお代を取るように言う。初子さんには一円たりとも自由にならない。せめてもう少しおじいさんとうちとけたら、いつかお詫びに足袋でも縫って持って行きたいと思っている。

　本当に人間は生きているうちは無力だと初子さんは思う。他人が自分の存在を思い知るなど日常の中ではそうそうあるものではない。ある日、ぱたっとその人の存在が消えた時に、気づく人がいるかいないか。普通の人間の存在はせいぜいその程度である。死んでその程度なら、生きているうちはもっと軽い小さな存在である。パン屋はこのおじいさんのことをなんとも思っていない。おじいさんが毎日あんパンを買いに来るようになると、あ、そろそろそんな季節かと思うくらいである。今年も蟬《せみ》が鳴きだした、というのと変わらない。この老人が来ても来なくてもパン屋の商売は続く。つぶれる時は別の理由でつぶれる。決して大事な客ではない。初子さんの仕事もそうである。

　初子さんは子供の頃、ラッパ袖のブラウスを仕立屋で作ってもらった。それが嬉《うれ》しくて洋裁を始めた。一体、誰が昔のラッパ袖を覚えている自分のように、自分の洋服を強烈に覚えているだろうか。お金を出せばそれで終わりなのだ。初子さんは何ともやりきれない思いになる。パン屋の主人のように割り切って、ぼんやりと仕事をすることはできない。一体自分の人生は何なのだろうと思う。毎日毎日が同じことの繰り返してである。子供の頃のあの夢中さを初子さんはどうしても思い出せない。いつか自分も年老いてあのおじいさんのように、ぼんやりと夕涼みをするようになるのだろうか。あのおじいさんは若い頃何をやってきたのだろう。あんパンひとつを毎日の楽しみにして、おじいさんの今までの長い人生の時間は何だったのだろうか。おじいさんはもうどうでもよくなって、観念してあんなふうに座っているのだろうか。幼い頃の夢や若い頃の野心など、すっかり忘れてしまったのだろうか。たまにパン屋に来て文句を言うが、それも毎回ではない。何回かは諦めて何も言わない。そんなものなのだろうか。そのうち毎日クリームパンでも何でもよくなるのだろうか。

（ああ嫌や）

初子さんはつくづくそう思う。自分がまだ若いのはわかっているが、もう子供でない以上、どうしようもない。道がまだまだ続くのはわかっているが、引き返せるほどの短い距離を歩いてきたわけではない。無知ゆえに無茶を省みず、無理をし、努力をしてきた。同じ苦労を人生のやり直しのためにもう一度するのは躊躇《ちゅうちょ》してしまう。気づくのが遅かったのかと思う。初子さんはうんざりする。結局、今日も明日も日常を繰り返すほかない。それを繰り返すうちに人生は終わってしまうのか。何とかしなければと焦るが、何をどうしていいのかわからない。

初子さんは近所のうどん屋に行った時、必ず店の外の赤電話で実家に電話する。電話をかけると、いつも不機嫌な声で母が出る。

「何の用や」

とぶっきらぼうに言う。何となく、ということは母には通じない。自分はこれでいいのだろうかという漠然とした不安など母に話すことはできない。おそらく母はわからない。父が死んで以来、母は残った三人の子供のために歯を食いしばって生活している。

「早よして。おつゆ、火にかけてんねん」

母にそう急かされると、初子さんはただ「みんな、元気なん?」と言うしかない。

「ああ、元気、元気。ほなな」

母は口早にそう言って、そのままがちゃりと音をたてて電話を切る。初子さんはどうにもやるせない。母の無神経さに腹立たしささえ覚えてくる。年をとるとああいうものなのか。結婚して子供を産んだら、もう溜息をつく間もなくばたばたと日常を過ごすものなのか。

（ああー）

初子さんはなんだかつまらない。こんなはずではなかったのだ。あのラッパ袖のブラウスはあんなに眩しかったのに。

こののんきなパン屋には弥生という一人娘がいる。父親似なのか、すこしぼんやりしている。この春から小学校に入ったが、最初の一ヶ月は学校から迷って帰って来られなかった。弥生が言うには、行きは皆、同じ所に向かうので迷わずに学校に辿り着けるが、帰りはめいめいの道を辿って家に帰らなければならない。それが難しいのだと言う。パン屋の妻は何度も弥生を探しに行った。最近では弥生は道がわからなくなると近くを歩いている人に、「あんパンとクリームパンだけを売っているパン屋はどこですか」と尋ねて帰って来るようになった。それなりに知恵をつけるものだと店主は感心していた。自分の家を人に聞くなどなかなかない話である。

初子さんが困るのは弥生の便所のことである。弥生はまだ自分でお尻を拭けない。汲み取り式の便所が怖い。手をお尻にやった途端、バランスを崩して便所の底に吸い込まれそうになると言う。店主はなるほどそういうこともあるかもしれないと、弥生のために便器の前の壁に摑《つか》まるための棒を取り付けた。弥生は毎朝それに両手で摑まる。用を足した後は隣り近所に聞こえるほどの大声で叫ぶ。

「出たー！」

この声が聞こえたら、家の中の誰かがお尻を拭きに行ってやらなければならない。初子さんも行かねばならない。パン屋夫妻が行くのを待っているが、少し経っても誰も来ないと、両親は今忙しいと察した弥生が「初子さーん！　出たでーえ！」と突拍子もない大声を出す。まだ若い初子さんはこの毎朝のことが恥ずかしくて仕方ない。ついこの間、おまるを使っていた頃はこんなことはなかった。子供の成長のやっかいなところである。

初子さんは弥生の妙に手がかかるところを面倒に思うが、まだ六歳のこの子供が羨《うらや》ましい。毎日、勢いと元気だけでばたばたしている。弥生は同じ年頃の子供と比べるとできないことが多い。傍で見ている限り、それを気にしている様子はない。初子さんはいつのまに自分はそういう時期を過ぎたのだろうと思う。うっかりしてその時の感情を忘れてしまったのだろうか。思い出そうとしても、もう弥生のようにはなれない。

二

　この年の梅雨が明けた頃だった。初子さんはいつも服地屋から請け負った仕事の納品の帰りにうどん屋に寄る。そこで素うどんを食べるのが楽しみである。初子さんはうどん屋のおばあさんといつも他愛ない話をする。その日も話のついでにおばあさんが言った。

「そういえばな、化学調味料は頭にええらしいで」

　初子さんが生まれる前に、そんな噂がまことしやかに流れたことがあった。それをおばあさんは真実を知らないまま覚えていた。初子さんは疑わなかった。馬鹿につける薬はないというが、そんなものがこの世に存在するのかと驚いた。

「確かかな、仏壇の引出しにしまってあったはずや」

ああそんな大事なものだからと初子さんは納得してしまった。おばあさんは初子さんのために、仏壇の引出しから化学調味料の粉末だしの入った缶を取ってきた。昔、おばあさんの子供が学校に行っていた時に、毎朝これで味噌汁を作っていたのだ。缶は少し錆びていた。

「こういうもんはいつまでももつんや」

とおばあさんは言う。

化学調味料のうどんは仏壇の線香の匂いがした。初子さんがうどんを食べる度に、

「どや、賢なったか」

と、おばあさんは身を乗り出す。初子さんにはわからない。どちらかというと変な味がする。本当に化学調味料は何年置いても腐らないのか。

「もうちょっと、あんた、おつゆ飲みぃなあ」

おばあさんはじれったそうに言う。これは効くはずなのだ。

おばあさんは最後までずっと見ていたが、初子さんはいつもの初子さんのままだった。

「うどん、一杯くらいやったら、あんた効かんのちゃうか」

おばあさんは失礼なことを言う。初子さんは腹が立つが、自分の頭の悪さはこの数年で思い知っている。初子さんは高校を卒業するのに五年もかかった。もともとこの町に来た名目は定時制の高校に通うためだった。初子さんが中学生の時に父親が死に、洋裁の仕事をしながら学校に通うことになった。初子さんは何事も一生懸命にやる人である。学校も一日も休まなかった。十代の頃はまだ職人としてはあまりに若かったので、忙しくなるほど仕事は来なかった。充分に勉学に勤《いそ》しめる環境にあった。足りなかったのは初子さんの学力だった。勉強ができなかった。がんばってもがんばっても洋裁のようにコツを掴むということがなかった。初子さんが高校卒業に四苦八苦している間に、よちよち歩きだった弥生は小学生になってしまった。初子さんの長い高校生活はこの近所では有名な話なのである。

おばあさんはこのうどんを弥生に食べさせてはどうかと言った。最近よく聞こえるあの「出たー!」という大声は何事か、ちょっとあほなのではないか。

初子さんはパン屋夫妻に内緒で弥生にこの話をした。パン屋の妻は教育熱心である。何やら独自の教育論を持っている。弥生は他の子供と違って、そろばん教室ではなく塾に通っている。これからは勉強ができないと生きていけない世の中になる。世の中がどんどん進んで難しくなるのに、あほでは困る。パン屋の妻は初子さんのように裁縫や料理が女の生きる道だという時代は終わったのだといつも言う。女も学校で勉強をしないといけない。初子さんにとってこの教育論は身につまされる。自分のような者が弥生に化学調味料を勧めては気を悪くされるだけである。うどん屋のおばあさんもそれを知っていて、内緒で弥生を店に連れて来るように言う。

初子さんは土曜日に弥生をうどん屋に連れて行った。弥生も話を聞いてそんないいものがあるのかと目を丸くした。弥生はうどんを食べ終わると、

「なんや、頭がすっとするわ」

と言った。やっぱり、とうどん屋は頷《うなず》いた。あんたとはちゃうわ、と言わんばかりに初子さんのほうを見た。

「うち、もう、学校からまっすぐ帰って来られそうやわ」

と、弥生は嬉しそうに言う。

「やいちゃん、賢なってええなあ」

初子さんは心底そう思った。パン屋の妻の教育熱は嫌だが、弥生の若さと将来が羨

ましい。どうしよう、あの人の言うように本当に世の中がややこしくなったら。自分にできることと言えば、ミシンだけではないか。

数日後、弥生は学校帰りに本を読みながら歩いていた。ランドセルが薪《たきぎ》に見える、二宮金次郎みたいだと近所の人たちは言っていた。初子さんは本など読まない。開いた途端、眠くなる。弥生の持っている本はすごかった。豆のような小さな字が並んでいた。何がそんなに書いてあるのだろう。あの本を一枚一枚、ページをめくって最後まで読むのだから、たいした辛抱だ。

「そのうち、ゴマみたいな小さい字の並んだのを読むねん」

得意げに言う弥生に、初子さんはますます驚く。なんだか末恐ろしい。

夏休みになると、弥生は毎日近所の子供たちと遊んでばかりいる。都会でもないのにこの辺りには野球や何か活発な運動ができるような広場がない。集会所の前にちょっとした空き地があるだけである。ここの子供たちには遊びが限られている。田舎ほどあちこちに自然が残っているわけではない。子供たちはその小さな空き地で「だるまさんが転んだ」をして一日中遊ぶ。この地域では「だるまさんが転んだ」ではなく、「坊さんが屁をこいた。においだら臭かった」と言う。この滑稽な文句が夏休みの間、毎日町中に響くのである。初子さんはこの町にやって来た頃、この単純な遊びがひがな一日繰り返されることに驚いた。夏休みに子供たちは川遊びをするでもなく、野球をするでもなく、こんな単純な遊びで真っ黒に日焼けする。子供は飽きるということを知らないのだろうか。

初子さんは自分の頭がよくないのはわかっていたが、もう少し自分は今の子供に比べてしっかりしていたと思う。初子さんがあのラッパ袖のブラウスを作ってもらった時、毎日自分の白いブラウスが出来上がるのを仕立屋の窓から見ていた。大きな布が見る間に裁断され、ミシンによって、すっと手首の辺りが広がったラッパ袖のブラウスになった。遠足の日、初子さんはラッパ袖のブラウスを着て、日傘をさして山道を歩いた。

「あんた、遠足やで。わかってんの？」

と同級生は首を傾げたが、眩しいラッパ袖のブラウスには日傘がどうしても必要だと思った。それ以来、初子さんは自分も洋裁をしたいと思うようになった。父親がまだ生きていた頃だったが、家計は苦しかった。初子さんは無理を頼んで、仕立屋の主人のところに洋裁を習いに行った。主人はこんな小さい子が感心だとまだ小学生の初子さんに洋裁を教えた。初子さんは学校から帰ると、広告紙で洋服の型紙を取る練習をした。仕立屋の主人はミシンは工業用の足踏みミシンが一番いいと教え、初子さんも足がやっと届く頃から足踏みミシンの前に座った。中学に通う頃には初子さんは仕立屋の仕事を手伝うようになった。

初子さんは今、子供時代の憧れを思い出すことができない。生地を手にしただけで、ミシンの前に座っただけで日常と切り離された。よくわからない学校の勉強も、よそより苦しい生活も、母の手伝いも妹弟の面倒も、皆忘れた。洋裁を始めるとすぐに、その世界に没頭した。仕立屋の教えたこと、仕立屋で見たことがその場にもう一度いるように頭の中に蘇ってきた。型紙を作る度、布に印を打つ度、あらゆる段階ですぐにコツを飲み込んだ。「ああそうか」、漠然とした理解が実際にやってみる度に指から体に入っていった。何よりも嬉しくて嬉しくて仕方ない。一枚の布が形になるためのあらゆる手間、全ての作業が楽しい。仕立屋は言った。ポケットと身ごろの柄は合わせなければならない。前身ごろの柄もボタンを留めた時にひとつの柄になるように。生地の上に型紙を置く時、裁断する時に絵が洋服に残るように。限られた布を使う時に、それが一番難しい。大抵の客は注文の時に生地の長さを決めている。柄を生かすために生地を大幅に増やすことを嫌がる。職人はここで頭を使う。初子さんには難しいことは苦痛ではなかった。それが楽しくて仕方なかった。「そうや、そうや」と仕立屋が初子さんに言う。その言葉が嬉しい。

「あんた、きっとうまいことといくで」

初子さんが洋裁で食べていきたいと言った時に、仕立屋はそう言った。

「あんた、何遍もやり直すのなんとも思わんやろ、あんた続くで」

初子さんの根気のよさをそう言って褒《ほ》めた。

あの時の嬉しさはどこに行ったのだろう。仕立屋が今の自分を見たら何と言うだろう。

パン屋の二階は暑い。風通しが悪い。糸や布が動くので扇風機もかけられない。やっと入って来る外の風は重い。アスファルトからの熱気まで部屋の中に運んでくる。汗が吹き出して首筋に後れ毛が張り付く。それが蜘蛛《くも》の糸のように感じられる。気ままに飛んでいた蝶が見えない網に引っかかって、もがいてももがいてもべたべたと糸が体にまとわりつく。初子さんは今そんなふうに動きを封じられている。焦って動こうとしても体の重さを感じるばかりである。

「坊さんがぁー、屁をこいたぁー、においだらぁー、臭かったぁっ！」

何とつまらない遊びだろう。

初子さんはやれやれとミシンを踏む。下ではのんきなパン屋、外からは「坊さんが屁をこいた」。どうやったらこんな環境でいつまでも情熱を持続できるだろうか。

初子さんに仕事が来た。とても上等な生地だった。孔雀《くじゃく》の羽の模様の派手な布である。生地の裏には六角形の模様が織り込んである。それが地模様になって、少し離れたところから見ると孔雀の羽が浮き出て見える。これでワンピースを作って欲しいと言う。初子さんはこんな変わった生地を扱ったことはなかった。馴染みの服地屋を通しての客で、お盆に間に合わせて欲しいと言う。

初子さんは早速、その日のうちに客の採寸に店に行った。こんな派手な生地を注文するのはどんな人かと思っていたら、随分年を取った婦人だった。紫のスーツを着て、両手には重たげな指輪が光っていた。化粧をした顔がやけに白い。何よりも初子さんが参ったのは、この婦人のきつい香水である。煙のようにはっきりと部屋に充満しているのがわかる。目がちかちかしてくる。婦人は採寸の間、聞かれもしない身の上話を得意げにしていた。随分昔にこの商店街で小さな商売をやっていたが、何年か前に東京に支店を作り、今ではそこを本店にして東京に住んでいると言う。この人には社会で成功している自信があった。

「まあ、あなたもね、洋裁も結構だけど、夢だけ追っていてはだめよ」

婦人は東京弁のような言葉を使うが、この土地の訛りがぬるぬるとくっついたままである。こういう話し方は一番嫌味である。一体、この人が初めて会った初子さんの何を知っているのだろう。化粧もしない、糸くずだらけの地味なひょうたん柄の割烹着を着た若い女がふわふわ生きているはずがない。土地の言葉で「あんたなあ」と話してくれれば、どれだけいいだろうか。「まあ」や「あなた」などは、映画かテレビの中できれいな女優が使う言葉である。お金を持った途端、妙に派手な服装をして、言葉遣いまで変えて鼻持ちならない。初子さんは適当に相槌《あいづち》を打ちながら順に巻尺を当てていく。ああ、この人は体つきまでぶよぶよとして傲慢《ごうまん》だと思う。初子さんはメモを取らない。数字とその人の体型が自然と頭の中に入っていく。採寸が終わった後、客が洋服を着ている間にメモを取る。普通の人は着替えている間はそれほど話さないし、傍らの人がじっと自分の着替えを待っているより、畳に目を伏せ何か書いているほうが気が楽である。

その後、初子さんは婦人の注文を詳しく聞いた。いつも初子さんのほうから口を出すことはない。客はほとんど、ファッション雑誌や知り合いの洋服と同じ型にしてくれと注文する。この婦人も雑誌の切抜きを持ってきた。雑誌のモデルは無地の生地でできたワンピースを着ている。

「私はねえ、華やかなあーのがいいの、ねっ」

初子さんはやっぱり、この婦人の話し方が好きになれない。「ねっ」とは何事だろう。婦人は全部表で作るように言ったが、初子さんは襟《えり》や袖口だけは裏を表に使ってはどうかと思った。そうでなければあまりにも派手で下品である。遠慮がちにそう勧めたが、婦人は首を横に振った。

「あら、だめよ、だめよ」

初子さんはうんざりして、そうですかと引き下がった。その後で、初子さんは仮縫いを翌朝までに仕上げ、試着してもらう約束をした。

夕食もそこそこに初子さんは型紙作りに取り掛かった。型紙を生地に当てた時、それにしても派手な布だと思った。あの人がこれを着たら、きっと孔雀そのものが歩いているように見えるだろう。初子さんはその模様に目を奪われながら、印を探す。何が「あら、だめよ、だめよ」だ。婦人の言葉を思い出して、初子さんは何やら腹立たしかった。「夢だけ追っていてはだめよ」とはこっちが言ってやりたい言葉だった。こんな蒸し暑い夜に窓を開けただけの部屋で、体から湯気が出そうになりながら仕事をしている。これが現実以外の何であろうか。

洋裁で最も難しいのはミシンを踏む時でも針を持つ時でもない。布に鋏《はさみ》を入れるための印を打つ時である。初子さんは型紙を持って考える。目がくらむ。この限られた生地のどこに袖を取ればいいだろう。前身ごろはどこに。後ろ身ごろはどこに。生地に描かれた絵は洋服になった時にも、その絵の形を保っていなければならない。袖の長さはここまでだと鋏で生地が裁たれても、身ごろに縫いつけられる時には、孔雀の羽は無事に一枚の羽の形を復活させなければならない。それを計算して、布は裁断されなければならない。この合わせ絵が難しいのだ。七色や八色の絵柄が密集している布は特に苦労する。この孔雀の羽は眩しい色だけではなく、うねうねと線を持っている。少しも互いにひとつになろうとはしない。ああ、どこに印を打てばいいだろう。どこに鋏を入れればいいだろう。初子さんはその場所をなかなか見出せない。まるで広い場所で途方に暮れるように、初子さんはいつまでも生地の上で立ち尽くす。まるであの婦人が自分を試すために、この生地を選んだような気さえしてくる。

時間がいつもより早く過ぎた。夜が白々と明け始めた。初子さんは息を吸う。眩しさの中をかき分けて、印を打つ場所を見つける。朝の鳥が鳴く。初子さんはどきりとする。約束はもう今日の午前なのだ。初子さんのような若い者にとっては信用を失うことが一番怖い。人の信用は一度失ったら永遠の記憶になる。何としても間に合わせなければならない。階下の便所から弥生の声がする。もう七時半を過ぎたのだろうか。初子さんは一度も顔を上げず、孔雀の羽の上に針を通していく。銀色の針は迷いなくまっすぐに白い糸を導いていく。孔雀の羽は見事に一枚の絵につながっていく。ああ、わたしは正しい場所に印を打ったのだ。初子さんは思う。

知らない人が説教じみたことを言うのは何も昨日が初めてではない。パン屋夫妻があんパンを売りながらも、しょっちゅう自分に言うではないか。言われる度に気持ちがぐらぐらしながらも「あほらしい」と思うではないか。今度も全く同じである。初子さんはそう思うと、あの婦人に冷静に仮縫いを渡すことができそうだった。

仮縫いが出来上がったのは約束の時間よりも前だった。初子さんは風呂敷に仮縫いの洋服を包むと、自転車をこいだ。店に着くと婦人はまだ来ていなかった。服地屋のおばさんは初子さんの顔がいつもよりも疲れているのに気づいた。初子さんは決心のつかない苦しい時間のことを話した。おばさんはそういうことは時々あるものだと言った。

婦人が試着をしてみると、本当に孔雀のようだった。鏡の前で婦人は何度も満足げに微笑んだ。初子さんの仕事は無事終わりそうだった。婦人が帰った後、初子さんはおばさんととりとめもない話をした。

「ああ、そういえば」

と化学調味料の話をした。弥生には効き目があって、一学期の終わり頃には人に道を尋ねなくても帰って来られるようになった。初子さんは自分にはどうも効き目がなく、パン屋の妻が言う十年後の世界が恐ろしいと言った。おばさんはけらけら笑った。化学調味料で頭がよくなるなんて迷信だと聞かされて、初子さんはわが身が情けなかった。六歳の弥生はともかく、自分はつくづくあほだと思った。パン屋の妻が自分を見て、弥生の教育に熱心になるはずである。おばさんは言う。

「それにな、なんぼ時代が変わっても、人は裸で歩いてへんやろ」

初子さんは納得する。こういうところが確かに自分は無知なのだ。「あら」と笑われるのである。

三

結納屋に下宿している新婚夫婦はいつも喧嘩《けんか》ばかりしている。結納屋はよくそうこぼしていた。離れの喧嘩の声が、毎日母屋まで聞こえる。その新婚の美根子が初子さんのところに来た。夏用のスカートを作ってほしいと言う。持ってきた生地は大きな白ゆりの柄だった。この人らしいと初子さんは思った。生地は綿の安物だった。柄が派手だった。たっぷりのフレアをとってほしいのだと美根子は言った。こんな大きな柄の白ゆりをフレアスカートにすると、歩く度に白ゆりがあの甘ったるい匂いを放ちそうである。初子さんはこういうものは悪趣味で嫌いである。

「うち、こんなんよう似合うでぇ」

美根子は甘えたように言う。初子さんは確かにこの人にはこういうスカートが似合うと思った。大きな目をして人形のような顔をしている。若さだけではこんなスカートは似合わない。美根子のように持って生まれた容姿と、何かとろりとした性根が必要である。

美根子は初子さんより少し年上である。初子さんくらいの若い人はひとつひとつ年を重ねていくのが嫌になる。若さを少しずつ失う気がして不安になる。美根子には年齢など、関係ないように見える。来年も五年後もきれいに笑っているような明るい顔をしている。

「うち、短大、出てるんよ」

美根子は得意げに言った。短大を出て、会社で働いて、そこで恋愛をして今は好きな人と二人で暮らしている。初子さんは美根子の自慢を快く思わない。この近所で初子さんが五年も高校に通っていたことはちょっとした伝説になっている。美根子も知らないはずがない。人にものを頼みに来て、こんな嫌味な自慢話はない。美根子は初子さんの相槌を待たずに「ほんでなぁ」と話を続ける。時折、昔を思い出したように嬉しそうな顔をする。初子さんはおもしろくない。

「うちはな、映画みたいな恋をしたのや」

と美根子は言う。貧乏なんかなんとも思わない。そんなものは充分覚悟して、駆け落ち同然で今の夫と一緒になったのだと。初子さんは驚く。初子さんは貧乏は嫌である。貧乏は苦しい。貧乏と聞いただけで百年の恋も冷める。美根子は笑う。

「愛があれば大丈夫や。あんたは独り身やから苦しいねん」

初子さんはかっとなる。

「ちゃう。貧乏は人数が多いほど苦しいねん」

ひとりより二人、二人より三人。貧乏の苦しさは人数に比例する。唯一の例外は、大黒柱の父が死んで五人が四人になった時である。貧乏は今まで以上に苦しくなった。初子さんは生活の大変さをよく知っているのだ。美根子は「そうなん?」とけらけら笑う。

初子さんはこういうふわふわした人がいつぞやのウエディングドレスを着たのだろうと思い出す。初子さんは一度ホテルの貸衣装の仕立てを手伝ったことがある。そこでウエディングドレスを手にした。美根子ならあの大げさなドレスは似合う。ほとんどの人は着慣れないドレスが気恥ずかしく下を向いてとぼとぼ歩く。美根子は長い足をどんどん地面に投げ出して前に進むだろう。あのドレスはそういう堂々とした人に似合う。美根子は自分の毎日がどんなに幸せで明るいか話し続ける。安っぽい、軽薄だと思いながらも、初子さんは美根子と比べると、自分は若い美しい時を無駄に過ごしているのではないかと思えてくる。パン屋の二階の三畳一間で無心になって針を持ち、ミシンを踏む。下で誰かが呼んでも気づかない。いつのまにか夜になって、何度も夕食を忘れる。そのくせ、カレンダーなど見なくても、今日が何日何曜日で次の納品日まであと何日か頭に入っている。気がつけば季節はどんどん過ぎる。夏服を作っていたと思えば、もう冬のコートの注文が来る。そうやって年月が知らぬ間に過ぎていく。鏡の前で白ゆりの生地をあてがって笑う美根子を見ると、この人はずっとこんな風に明るく屈託のないままなのではないかと思えてくる。なにげなく見た美根子の指は、家事を知らない人のようにきれいである。初子さんの指はいつも布を触るので布に手の脂分が吸い取られ、一人前の主婦のように荒れてひび割れている。まるで生地が初子さんの若さまで吸い取ってしまっているかのようである。自分はいつのまにか美根子よりも年を取ってしまわないかと、初子さんは不安になる。

「初子さん、針、上手やのに、なんでいっつもくたびれた同じ服着てんの？」

余計なお世話である。美根子は立ち入ったことも失礼なことも平気でぽんと口にする。初子さんは職人である。ちゃらちゃらと着飾る必要などない。仕事をする時に、何日か同じ服を着ると体が動きやすい。昨日と同じ服を着ると、体が昨日の仕事を覚えていて仕事がはかどる。初子さんはそういうことも、子供の頃から仕立屋に習っていた。

「そやけど、えらい地味なもん着るんやなあ」

美根子はしみじみそう言う。よりによって、なぜ、ひょうたん柄の割烹着なのだと言いたげである。美根子は何も知らない。大柄の白ゆりの生地がどんなに安っぽく、初子さんが着ているものは割烹着一枚でも織りのしっかりした上等の生地か。初子さんはそういうことを知っていても、無邪気にそんなことを言ってしまう美根子の無知が羨ましくもある。初子さんが子供の頃は、仕立屋の主人に自分の無知を悟られないように気を張り詰めていた。一度聞いたことは二度と忘れないように、目の端で見たことはすでに教えてもらったことだと肝に銘じていた。知らないこともわからないことも尋ねてみたことはなかった。職人の教えは学校とは違う。「こういう時は……」と思ったら、考えた。やってみる。考える。やってみる。職人の仕事はそういう原始的なところがある。初子さんは未だに職人としての自信がぐらぐらと揺らぐ時がある。何かふと不安になったり、わからなくなる。仕立屋の主人に無邪気にぽっと尋ねてみたら、明快な答えが返ってくるのではないかと思う。今思えば、洋裁を習い始めた頃ははほんの子供だった。もっとためらいなく、いろんなことを聞けばよかった。もう結婚している美根子が平気でしていることが、今の自分にも昔の自分にもできなかった。

美根子は弥生のように初子さんの針箱をもの珍しそうに見る。針山を手にして、わっと美根子は体を引いた。

「四谷怪談みたいや」

初子さんはその言葉がおかしくて笑った。初子さんは針山に自分の髪を詰めている。針が錆びずに髪の脂で滑りがよくなる。長く使うと針山から髪が何本も出てくる。初子さんの針箱にはそんな長い髪が散らかっている。美根子は本当に何も知らないのだ。美根子はどこか弥生に似ている。そこにある理由も理屈も知らない。おかしければ、声をあげてけらけら笑って、不思議に思えばすぐに尋ねる。こういう生き方ができたのではないかと初子さんは思う。おかしいことにいつも笑うようにしていれば、わからないことは「なんで？」と人前で首を傾げてみれば。そうすれば、こんな汚い針箱を抱えて、がたがたいうミシンの前で背を丸めずに、美根子のように明るく嬉しく笑っていたかもしれない。

初子さんはそう思ってみても、自分の今は誰よりも強い意志を貫いた結果だとわかっている。美根子のような軽薄な甘さが幼い頃から初子さんにはなかった。

「ほな、また」

急に美根子はぷつりと話を切った。ちらりと初子さんの部屋の時計を見た。時計を見る顔は弥生とは違っていた。弥生は毎朝じっと時計を見て、時間を読めても、その時間の意味することがまだわからない。時計を見て、次にどうすべきかわからない。美根子はさっと立ち上がった。この人は子供などではない。初子さんは美根子が帰る後ろ姿を見送って、この人は急いでいるのだとわかった。

(なんや、しっかりしてるやん)

初子さんはさっきまで自分は美根子の芝居を見ていた気がした。初子さんがミシンに座ろうとすると、路地から聞き慣れない音がした。美根子が走っている。頼りないつっかけをはいている。ずいぶん速く走っている。あれがさっきまでくねくね笑っていた人だろうか。美根子は本当のことを言ってない。結納屋がいつもこぼしている。

離れの新婚はいつも喧嘩ばかりしている。

「初子さん、ほんまにあの人やろか?」

パン屋の妻が声を潜めて言った。あれが母屋まで聞こえる金切り声で夫婦喧嘩をする人だろうか。初子さんはなんとも言えず、笑ってごまかした。確かにあの人はやけに嬉しそうな振りをする人だ。ああやって、本当のことを隠すのだろう。それでいて、本当のことが隠し切れずにいる。弥生が親に嘘をつく時のように、そわそわしてわざとらしい。あの人の明るさは羨ましいが嫌いである。


数日後の夜に美根子がやって来た。仮縫いができたことを電話で知らせたら、すぐに来た。

仮縫いがすんだばかりの部屋には糸くずや布の切れ端や待針が散らかっている。初子さんはいつもなら職人の部屋だものと、なんとも思わないのだが、美根子が来た途端、なんだか情けなくなった。美根子はそれを馬鹿にはしなかった。

「あたしの家なんか、所帯じみてもっと汚いわ」

美根子は吐き捨てるように言った。正座をしない座り方が、その晩は打ちひしがれた人のように見える。この間の嫌味な様子がなかった。何かあったのかと聞いても、別に、と首を振る。

そのうち、

「喧嘩したんや」

と美根子のほうから本当のことを言った。

「ご飯、腐ってしまうねん」

そう言った美根子は本当に子供のようだった。弥生が口を尖らせて、目を伏せて、言っているようだった。夏の間は、朝炊いたご飯の残りは冷めるのを待って、冷蔵庫に入れる。そうしなければ、部屋の気温で夕方にはジャーのご飯は腐ってしまう。美根子は冷めるのを待っているうちに、ご飯のことをすっかり忘れてしまう。夕食の準備の時に、おかしな匂いがしているのも気づかず、冷めたご飯を鍋で蒸す。夫はそれを怒る。いつも、いつも、どうしてこんなすっぱい匂いがするのだと怒る。美根子は無頓着でわからない。

(あ、また)

そう思うと、いつも喧嘩になる。でも、今日は疲れたのだと言う。夫に何も言い返す気がしない。だって、ご飯が腐ってしまう、美根子にはどうしたらいいかわからない。暑くて、暑くて何をどうしたら気持ちがしっかりするだろう。夫は昼間の家の暑さを知らないのだ。一日中、蟬が鳴いて、その声に意識がやられるのだ。覚えておかなければならないことも、今日やるべきことも、全部、蟬が鳴いて、頭の中を麻痺させる。朝食の後片付けも洗濯も、ワイシャツのアイロンも。全身の力が抜ける。「はあ」と言ったきり、畳の上に座り込んでそのまま時間が経つ。じりじりと部屋の熱が上がって、動けなくなる。夕方に、すっと窓から風が入ってきた時にやっと我に返る。その時にはもう、ご飯は腐っている。すぐに冷蔵庫に入れてももう遅い。こんなことがしょっちゅうある。またか、と夫が言う。

「だって、できひんねん」

そう呟く美根子は今夜こそ小さな子供である。

仮縫いのスカートは美根子によく似合った。

「昔はもっときれいやったんよ。パーマもお化粧もしてたんよ」

そう言われて、初子さんにも美根子が少しくたびれたように思えた。

「結婚したらな、なんか、毎日毎日ちょっとずつ貧乏になっていくねん」

美根子は言う。家の台所は暗くて狭い。包丁もよく切れない。えい、えいと親の敵《かたき》みたいにその包丁でしなびた葱《ねぎ》と干からびた人参を切って、お揚げを切って、カラカラうるさい鍋を火にかける。魚は生臭い。あの死んだ目が変にてらてらして気味悪い。換気扇はうるさいばかりで部屋は臭いまま。自分には魚が焼けたかどうかよくわからない。焦げるまで焼く。煙が出て、涙が出る。卓袱台《ちゃぶだい》に黒い魚と濁った味噌汁を並べる。箸の塗りはいつのまにか剝げた。天井はいつのまにか黒い染みが増えた。布団は薄くて固い。風呂の後すぐ床についても、この布団では入った途端に何かべっとりとした薄気味悪さが体を走る。結婚前に夫は何も見栄を張らなかった。嘘もついていない。美根子も螺旋《らせん》階段のついた屋敷で生活しようなどとは思っていなかった。どんな生活でもやっていけると思っていた。この離れに初めて来た時、なんていい所だと思った。卓袱台も鍋も母屋からのもらい物で充分だと思った。それがいつから畳はこんなに湿って、板の間はぎしぎしいうようになったのだろう。夫の帰りが遅いと美根子はほっとする。夫もきっとそうだ。そういう日は家の中は静かだ。暗い部屋で美根子はひとりでお茶漬けを食べる。ああ気持ち悪い畳だと思う。この家には黒い墨がたまっている。ひんやりと畳の上を覆って、いつも足の裏がぬるぬるする。流しの水はいつもいつも変にぬくい。思わぬ勢いで蛇口から滝のように出てくる。顔にしぶきが飛び散って針のように刺さる。腹が立つ。何度ここで茶碗や皿を割ったことだろう。嫌なのだ。美根子にはこういう生活は嫌なのだ。時間が戻ればいい。無邪気で明るい時に時間が戻って、そのまま進まなければいい。

「お金、今度でええ?」

美根子が聞く。かまわないと初子さんは頷く。

「よかった」

美根子はやっと笑った。

「今日、お醬油、買ってん」

昨日、醬油が切れた。昨日切れた醬油は今日買う。今日買った醬油のお代は今日払う。醬油を持ってきた酒屋はすぐに値段を言って、手を出した。持ち家でなければつけで買い物をすることはできない。

「えらいとこやねえ」

美根子は溜息をつく。今、家にはあの醬油が黒々とした姿をして、どんと畳の上にいる。

美根子は白ゆりのスカートを喜ぶ。

「これはつけ、やね」

初子さんは頷く。この人を信じる。信じてやるしかないではないか。酒屋はきっと怖い顔をしていたのだろう。容赦のない話ではないか。


美根子は糸工場に働きに行くことになった。少し嫌だと初子さんに言った。初子さんは嫌なことをする時は好きな服を着ていくといいと言った。美根子は「そうやね」と笑った。次の日から美根子は白ゆりのスカートをはいて糸工場に行った。初子さんは何度か糸工場の前を通ったが、工場の中は暗くて中の様子はわからなかった。夕方に工場から出てくる女たちに混じって美根子の姿が見えたが、場違いに若かった。美根子は誰よりも疲れた顔をしていた。とぼとぼと歩いて前よりも暗い顔をしていた。初子さんはとても声をかけられなかった。あの人はこれから家に帰って暗い台所に立つのだろう。空っぽの冷蔵庫を覗いて溜息をついて、鈍い包丁で削れたまな板の上にくたびれた野菜を置くのだ。夫は何もわからないで、不機嫌な妻に溜息をつくのだろう。美根子は新しいわからない仕事に疲れ、泣いて怒るのだろう。初子さんは母のことを思う。母のような辛抱が美根子にあれば。違う。美根子はあのウエディングドレスを着た女なのだ。初子さんはあの時の仕事を覚えている。無数のレースを胸元に飾り、スカートにもレースを何重にも飾った。

「なんか、目がやられるな」

白く光る生地は職人たちの目を疲れさせた。白無垢《しろむく》と違ってドレスはあまりに華やかで明るい。花嫁はぼんやりと透けるベール越しに景色を見る。あの時は何も見えていなかったと後になって美根子は泣く。初子さんは美根子の若さを責められない。あんなに眩しく光るドレスだった。誰だって目がくらんでわからなくなる。

四

父が死んで母は慣れぬ生活を必死でこらえている。普段通りに生活するということがこんなにも難しいものかと何かにつけて思い知らされる。若い頃にやっていた保険の仕事を知り合いの恩でもう一度することになり、お金の心配は随分減った。父の大工の職だけに頼っていた頃にも苦労はあったのに、今となればあの時はどれだけ恵まれていただろう。母は、もう一度一から保険の勉強をし、試験を受け、人に頭を下げて家々を回る。怪訝《けげん》そうな相手の表情に気づかないふりをして、なにげない素振りで少し開いた戸から話をする。出されたお茶は飲まない。形だけ置かれた湯飲みと人が口をつけた湯飲みは洗う時の手間が違う。女の口紅がつくとその手間は増える。スポンジに少し洗剤を含ませ、軽く湯飲みをこする。来なくてもいい客が増やした家事はおもしろくない。お茶がそのまま残った湯飲みはすぐに片づく。「保険なあ」と上の空で蛇口をひねり、軽くすすぐだけでいい。客にああ面倒だと思わせてはならない。次にまた来た時に、この人は楽だと思わせなければならない。客の話は些細な夫の愚痴も大層に聞く。

「いやー、それはかなんわ。ご苦労やわー」

客の話に隙があっても、すぐに保険の話に切り替えたりはしない。もうひとつ話そうと相手が思うようにしきりに頷く。思う存分話させる。家事をする女は自然と時間の感覚がついている。時計を見なくても人に促されなくても、時間の頃合を本能的に覚えてしまっている。

「保険で来はったんやねえ」

そのうち相手のほうから話を向けてくれる。そうしないと、相手は玄関に上げた客を帰すタイミングを摑めなくなる。自分の話をするだけして、はい時間ですからと用も聞かず訪れた人をそのまま帰す人はいない。どんなに無駄があっても人と人との会話は一応用件を済ませてからでないと終わらない。

「いやー、うちも忘れてたわ」

と母も一応合わせる。母が肝心の勧誘に入るのはいつも随分時間が経った後になる。母はこのやり方を面倒だとは思わない。結婚して、家庭に入って、何年も社会と離れていた自分にてきぱきと契約を取る自信はない。

口では客の愚痴に同情しても、本当に苦しいのは自分である。ある日、突然、夫は死んだ。三人の子供を自分に残した夫に、母はただ怒りしか感じない。それまでも、家族が生きるために必死だった。お金はあっという間に消える。無駄遣いをしているわけではない。日に三度の食事がやっとだ。人間も他の動物と変わらないと思う。蟻は何もわからずに自分の体以上の荷物をせっせと運ぶ。働き蜂は寿命を縮めて蜜を運ぶ。考えることを知らない虫は不憫《ふびん》だと思っても、自分たちも蟻や蜂とさほど変わらない。誰に言われたわけでもない。子供のために、家庭のために、人間の生活のために、夫と二人で苦労を重ねた。子供の成長は早いようでいつまでも手がかかる。一番上の初子さんがやっと独り立ちしかけたかと思っても、まだ小学生の晶子と稔がいる。少しずつ背が伸びて、できることが増えたが、家の手伝いに役に立つよりも、食べる量が増えて負担のほうが増えた。手もかかるがお金もかかる。夫は大工は腹が減ると言った。昼食の弁当に米が要る。米がないと仕事ができない。生活ができない。その米のために夫は働く。ああ疲れたと呟いた時に、何を止めればこのサイクルから抜け出せただろうか。

人は生きて動くものである。踏みつけられた蟻は死ぬまで生きることを諦めない。逃げ場へ辿り着こうと努力する。足一本の痙攣《けいれん》も蟻が生きるために最後まで続ける未練である。所詮、人間は生活や人生から逃げられない。母はそれを結婚して思い知った。自殺はできないと思っている。毎日に必死で自殺など忘れてしまう。こんな生活は嫌だと思っても朝が来れば台所に立ち、冷蔵庫を開け、ガスの火をつけ、食べる準備をする。そんな永遠に終わらないように思われた繰り返しが、ある日、ぱたっと断ち切られた。夫なしでこれからどうしていけばいいのだろうと思ったあの日でも、母は台所に立った。子供たちには何かを食べさせなければならない。しつけられた通りに、子供たちは食事前には家族分の箸と茶碗を出す。母はとても食事など喉を通らない。初子さんも突然の死とこれからの不安に取り付かれ、手が震えて箸など持てなかった。妹の晶子と弟の稔はまだ小さく、目の前にご飯があればいつものように食べる。稔は食べこぼせば上目遣いで母の様子を窺《うかが》う。晶子は教えられた通りに、急須の蓋に形ばかりに左手を添えてぎこちなくお茶を入れる。目の前にこんな子供たちがいれば母は新しい日常に取り組まざるを得ない。

母は思い出す。稔は八歳の時に学校で「また　さつまいもか」という題の作文を書いた。おかずが足りない時、保険の仕事に疲れて充分な支度ができない時、食卓にはさつまいもをふかして出した。子供たちが嫌な顔をしているのは知っていた。稔の担任の先生はとても微笑ましいと作文を褒めた。母はその作文を読んで、これでいいのだと思った。「また　さつまいもか」、「そうや。また　さつまいもや」と母は呟いた。

人はどうして子供にあんなに将来の夢を聞くのだろう。子供に無限の可能性があるかのように。当の子供は大人になれば何でもできると思い込んでいる。人は日常の繰り返しに堪える力を持たねばならないと母は思っている。そうでなければ将来も何もあったものではない。日常はいつ壊れるか知れない。自分のような不幸にいつ見舞われるかわからない。夫を亡くして初めて、あれくらいの苦労に疲れていた自分の情けなさを思い知る。今や母は腰をすえて、新しい生活を繰り返す。

それでも毎日その覚悟を忘れそうになる。お金をやりくりできても、母は毎日夕方に帰ってくると、力なく溜息をつく。週に何度かは体を丸めて声を出して泣く。母はどうしていいかわからない。母の肩にあとの二人の子の長い将来をひとりで支える不安がのしかかる。近所の家にも母の泣き声が聞こえる。薄い壁の小さな家がきゅうきゅうとくっついて並んでいる。隣りの部屋のように、人の声が聞こえてしまう。

「ああ、かわいそうに。言うても悲しいんやなあ」

と隣りの家の人は言うが、母は悲しくて泣くのではない。不安と死んだ夫への恨みから泣くのだ。

「なんでや、なんでや」と泣く度に繰り返す。晶子や稔はそういう時、どうしていいかわからない。初子さんが帰っている時には、母の背中をさすって何とか慰めようとする。

「そんな泣かんと」

初子さんはうっかりそう言ってしまう。母はきつい目をして言う。

「なんや、うちが泣いてどこぞの川でも氾濫したか！」

誰も母を慰めることはできない。母はいつも怒っている。誰に自分の苦しみが理解できるものか。仏壇には手も合わせない。何も供えない。夏の夕方に打ち水をする時に、必ず、

「ああ、お父ちゃんがお水ちょうだい言うてはるのが見えるわ」

と言って憎々しげにひしゃくの水を地面に叩き付ける。自分にこんな苦労をさせた夫をどうしても許すことができない。水などやるものか。

初子さんは墓を見ても、仏壇を見ても、結局人は死んだらおしまいだと思う。本当に魂というものがあって、本当に父が喉が渇いたと、打ち水をする母に手を差し伸ばすのだったらどんなにいいだろう。

母は思う。苦労への覚悟などそう簡単にできるものではない。覚悟するうちはまだまだだ。決意を口にするうちはまだまだだ。母は今日に堪え、明日に堪える。そうするうちにこの苦しい毎日が日常になる。そうやって日常になり、なんとも思わなくなるのを母は待つ。

頭でわかっていても母には毎日が辛い。毎日毎日が同じようにやってくる。客はどこか皆冷たく、集金の日にお金が足りない家が多い。残った子供たちはのろのろとしか成長しない。稔は家の手伝いをさせてもなかなか覚えない。風呂のタオルを竿に干すのに、しょっちゅう洗濯バサミで止めるのを忘れる。同じものを家族が何年も毎日使って体を洗うので、薄い板のように固くなって毛羽立ったタオルは風に吹かれて隣りの家に飛んでいく。「あんたとこの雑巾、飛んできたで」といつも無事に返ってくるが、疲れて帰ってきた夕方にはその言葉がなんとも情けない。

ある日、母はいつものように仕事から疲れて帰って来た。晶子は米を研いでいる。少し母は横になった。夕食の準備に取り掛かる前に、ほんの五分か十分横になることは今までもよくあった。ああ、もう一度あの家に行かなければ、と今日の客のことを思い浮かべる。今日はあのガラスコップに入った麦茶をどうしても飲みたかったと思い返す。ガラスは陶器よりも汚れが目につく。指の跡さえ汚らしい。母はぐっと唾を飲みながら、暑さをこらえた。今日はやけに暑い。そのうちうとうとと寝入った。短い五分。もうすぐ晶子が「お母ちゃん、お米研げたで」と言いにくる。

「あんたとこの雑巾飛んできたで」

隣りの声がした。ああ、あの子はまた、と母はぼんやりした意識の中で思う。いつまでたってもだめな子だ。少し待ってもその後の返事がない。待っても待っても稔の声も足音も聞こえない。そういえば玄関にあの子の靴がなかった。自転車もなかった。母の頭の中に疲れて見過ごした映像が駆け巡る。おかしい。

「晶子」

母は体を起こすと、台所のほうに声をかけた。晶子は稔は裏口にでもいるのだろうと答えたが、そこにも人の気配がない。何かあった。母はすぐに表に出た。おかしい。朝食の時はいつもの稔だった。時折ご飯をぽろぽろこぼし、がぶがぶとお茶を飲む。確か午前中は学校のプールに行くと言っていた。晶子が「あんた宿題やってるんか」と言うと、稔は嫌な顔をして「やってるって」と言った。母はそれを面倒に思いながら見ていた。今日の仕事が憂鬱だった。また太陽に照り付けられながら、歪んで見えるアスファルトの上をとぼとぼ歩いて客の家に行くのだ。ああ、あのハイヒールはまだ踵《かかと》が痛い。子供はいい、履いている靴のことなど忘れてどこでも走り回る。母は毎日の暑さに疲れて、今朝はいつもより子供たちに不注意だった。

竿には稔の水泳パンツが干してあった。晶子に聞くと昼食は食べに帰ったと言う。ふたりでいつものようにぬるい素麺を食べた。その後、自転車に乗って稔は出かけて夕方になっても帰らない。晶子はそのうち戻るだろうと言う。母はそうは思わない。夫が死んだ時もこういう夏の夕方だった。暑さがまだひかず、じっとりと首に汗と脂がまとわりついて後れ毛の一本もうっとうしい。

「今日はえらいお父ちゃん遅いなあ」

母がそう言うと、あの時は初子さんが言った。

「そのうち帰ってきはる」

ああ子供はいくつになってものんきだ。晶子はやっぱりわかっていない。あの時と同じではないか。今日もやっと一日が終わりそうな、それでもまだあんなにきつい西日が残っている。この時間いつもは母が打ち水をする間、晶子と稔が夕食の手伝いをするのだ。稔はまだ豆腐がうまく切れない。小さい掌にやっとのった豆腐が包丁を入れると四方に崩れる。かつおはいつも扇風機の風に吹かれて食卓を舞う。「お豆腐、早う食べてしまいなさい」と言っても、稔はわざとかつおを飛ばしたくて言うことを聞かない。母が疲れて短気になっている時は「いいかげんにしぃ！」と豆腐を食べるまで扇風機を切る。母は今日もそうやって稔に豆腐を切らせて、早く食べさせるつもりだった。

嫌な記憶が母を襲う。西日の射さない玄関がひんやりとして少し涼しい。夫の葬儀が頭をよぎる。人はこんなにある日、突然死んで動かなくなるものなのか。呼んでも呼んでもじっとしているものなのか。

母は家を飛び出した。晶子の声が聞こえたが答えなかった。何とも言えない強迫観念が母を突き動かしていた。母は本当はわかっていた。晶子の言うことが正しいのだ。あの年の少年なら少しくらい帰りが遅くなることは珍しくはない。多分、なんでもないのだ。大騒ぎすることはない。ただ自分が迎えに行けばいいだけだ。晶子はのんきだが正しい。

母は近所の稔の同級生の家に行く。子供の自転車がある。稔の自転車はない。その家の子供は今日は稔とは遊んでいないと言う。他の家にも寄るが稔はいない。母には夕暮れの静けさが恐ろしい。早く稔を見つけなければ。虫取りに夢中になって時間を忘れたのだろうか。母はそう思って、公園や神社にも行ってみた。最後に、学校の校庭にも行ってみた。母はどうかここにと祈るように辺りを見回すが、子供の姿はない。学校の運動場というのはこんなに静かで広かったのか。こんな寂しいところで子供は駆け回るのか。母の思いはひとつである。同じことになりませんように、同じことになりませんように。二度とあんな思いをしたくない。「稔」と母は声にならない呟きをして、自転車で今度は家までの道を引き返した。途中の地蔵の赤い前掛けが目に飛び込んできた。稔は昔、お供え物のチョコレートを盗み食いしたことがあった。小学校に上がる前のことで、いつもは干菓子が供えてあることが多いのに、ある時珍しく派手なチョコレートのお供え物がしてあった。稔はそれに手を出した。稔はもう分別のある年になった。母はそれでもこんな夕暮れ時は腹が減るだろうとお供え物を見たが、蟻が砂糖菓子に群がっているだけだった。不安な母にはその黒い塊が不吉に見える。どこにも稔の手がかりはなかった。太陽の沈んだ町は静かになる。どうして今日に限って稔は午後、友達と遊ばなかったのだろう。人は皆家に帰って、いつものようになんでもない夕食をとっている。稔はまだわからないのだ。人は毎日、きちんと日常の決まったことを繰り返すものなのだ。

「お母ちゃん」

稔の声がした。振り返ると、稔がいつもの上目遣いで母の機嫌を窺っている。

「あほっ」

母は初めて大きな声を出した。ここまでずっと声を出さなかった。目と耳で子供を探した。稔は自転車で線路沿いをずっと走ったと言う。どこまで走れるか、どこまで線路が続くか。「なんでそんなこと思いつくんや」と母が問い詰めても稔にはわからない。目的も理由もない。腹の底からむくむくと力が湧いて、得体の知れない情熱に襲われ、その衝動に駆られるままに自転車をこいでいただけなのだ。蟬の声が止んで、風が少し冷たくなり、空が赤みを失って初めて、正気に返ったように心細くなった。稔は母に頭を叩かれて泣いた。「あほっ。あほっ」と母は稔を叩きながら、どこかから子供をやっと取り返したように安堵していた。

晶子から事情を聞いた隣りの家のおばさんは、

「小さいうちはな、たまにそういうことがあんねん」

と母に言った。母は苦笑いをして適当な返事をした。そんなことは知っている。三人も子供を育てているのだ。子供がある日突然気まぐれな行動を起こすのは成長の兆しである。今日の稔の行動も多分それなのだ。あの不安は親の持つ予感でも直感でもなく、ただの妄想だった。母はそうわかっていても、やけに疲れた体ではその不安に抗《あらが》うことができなかった。母はずっと疲れていた。日常に疲労困憊《こんぱい》していた。終わってしまえ、終わってしまえ、母はここ数日、内心そう唱えていた。壊れてしまえ、壊れてしまえ、そうすれば何かから解放される気がした。その母が死に物狂いで稔を探した。稔の頭を何度も叩いて、二度と気まぐれを起こさないように念じた。自分が苦しくてたまらないものの中に、ぎゅうぎゅうと稔を閉じ込めようとした。

翌日、初子さんがお盆に帰省した日、母は具合が悪いと寝込んだ。夏風邪だった。ここ数日の疲れが出たのだ。

初子さんは母が熱を出して寝込むのは何年ぶりだろうと思った。初子さんはうちわでゆっくりと風を送りながら母の様子を見守った。父が死んでから母は顔つきが変わった。晶子が「おかあちゃん、時々、鬼みたいな顔しはんねん」と言っていた。母は初子さんのように迷う暇もなく、立ち止まる暇もなく、次から次へと来る時間に向き合っている。熱を出して眠っている母は、その時間から解き放たれているようだった。顔に病の苦しさはない。赤ん坊の眠りのような力の回復と蓄積のための深い安らかな眠りである。この数年、母はこんな眠りを経験しただろうか。疲労だけでは成人した人間の眠りは赤ん坊のようにはならない。床につく前に母が測った体温計は水銀が三十八度の目盛りを過ぎている。この熱が母を深い眠りにつかせている。体の抵抗を鈍らせ、意識を朦朧《もうろう》とさせ、全てに敏感になった母の神経を休ませている。母は今全てを忘れているだろう。父が死んだことも、稔の気まぐれな冒険も、盆休み明けの仕事も、母の意識にはないだろう。母はひたすら眠っている。

初子さんは時折、額や首筋の汗を拭いてやる。自分が家を離れてから母は少し痩せた。体全体が小さくしぼんだ。日々の生活を繰り返していくうちに、母の体が磨り減ったようだ。呼吸だけが今の母の唯一の動作である。その呼吸は疲れた体から確かに規則正しく繰り返される。母は回復する。父の死後の新しい日常が母を消耗させた。母は瞬きも忘れ、呼吸も浅く、ただ必死でその繰り返しに堪えた。初子さんは今の母の呼吸の音に耳をすます。この安らかな繰り返しは母を回復させる。母の体は眠っている間、おだやかな呼吸を再び思い出す。

目を覚ました後、母はこういう呼吸をするだろう。閉じた瞼《まぶた》も次は静かに開くだろう。目はぐっと開かれるものではない。瞬きをしながら、穏やかに世界を見ればいい。初子さんは母の呼吸から針を思い出す。仮縫いの針、ミシンの針、仕上げの針。等間隔に糸を運ぶ小さな針はいつもその動きを繰り返す。広大な生地の上を辿り着けるのか不安になるほど、ひとつひとつの縫い目は小さい。その小さい存在はただ繰り返すことが必要である。何も難しい理屈はいらない。同じことを次もその次もやるだけである。針は呼吸のように動かせばいい。今の母のように安らかに単純に。

初子さんは寝息が深く、より規則的になったのを確認して部屋を出た。心配はしていなかった。病には人を休息させ、回復させる力がある。母は明日からはいつもの母に戻るだろう。

母は翌日には起き上がれるようになった。初子さんは朝のうちにシーツを換えた。汗で湿ったシーツには父の残した文字がある。父は何でもマジックでしっかりと書いておく癖があった。シーツの頭と足の向きを間違えないように、頭のほうに「頭」と頭と同じ大きさで書いていた。「何のまじないや?」と洗濯のあとシーツを干していると近所の人が聞く。家族は言葉を濁したが、いつのまにか子供のおねしょに効くらしいということになった。その「頭」の文字も月日が経つにつれ薄れてきた。

母は風邪の後、すがすがしいような表情になった。今まで苦しかったものが新鮮でいとおしくさえ思えるようだった。初子さんは母に言われて、稔の麦藁帽子のゴム紐を付け換えてやった。父のパンツのゴムを使うので、ゴム紐はすでに力なく伸びているのだが、稔の汗で一夏に二回は換えなければならない。母はこのゴム紐付けから裁縫を初子さんに教えた。初子さんは子供の頃、玉結びがしっかりできなくて何度も叱られた。母と同じようにやっても、糸はふわふわした緩い結びになった。「ほれ」と母が糸の端を引っ張ると、玉結びはするりと解けた。針に髪の脂をつけてから縫うのだと教えられ、母の真似をして頭に針をやるが、加減がわからず頭皮を刺してしまう。今は初子さんの横に晶子が座っている。晶子はまだ針に糸を通すにももたつく。初子さんほど裁縫に興味がなく、針を持ったのが遅かった。晶子は糸をべろりと舐《な》めると、唾でくたくたになった糸を何とか針に通そうとする。唾で膨れた糸は針の前で動かない。初子さんが何度言っても、晶子はたっぷりと糸を舐める。糸の先を平たくつぶすだけだと教えても、あーんと大きな口を開けてしまう。

「こんなよだれのついた糸使えへんやろ」

と初子さんは晶子に言う。晶子はにいと笑うだけである。職人として仕事をしている初子さんにとっては、その様子が頼りなくてしかたない。玉結びをしても唾でべとべとになった糸の大きな塊ができるだけである。晶子は初子さんが帽子の一方に付けたゴム紐を真似て、もう一方を自分が付けると言い張る。晶子は不器用な手つきでゴムを付ける。針仕事は字を書く時のように手を添えてやることができない。あくまでも本人の指でしかできない仕事である。教えても教えても、目で見せることでしか教えることができない。初子さんは何とももどかしい。洋裁ができなくても、簡単な裁縫くらいはできないと困る。初子さんは晶子の様子を見て溜息をついた。その溜息が昔の自分と似ていると母は思った。

「そのうち、できるて」

と母は言った。初子さんは自分はもう少しましだったと思う。晶子の様子を見ていると「そのうち」ということがあるとは思えない。母は、子供には「そのうち」ということがあるのだと言う。子供はそうやって成長するものなのだ。晶子は初子さんの様子など気にせず、時折したり顔で針を頭にやる。汗に濡れた髪では針が錆びるだけである。

「そのうち、そのうち」

と母は笑う。稔が針を持つ頃には初子さんにもそれがわかるはずである。

晶子は枕カバーの外れた紐も縫い付ける。針を持つことが嬉しくて、何かしら用事を見つけては不器用な裁縫をする。初子さんは家にいる間、じっと晶子の傍らにいた。その手つきは危なっかしいばかりである。

「ああ、ちゃうちゃう」

初子さんは辛抱しなければと思っても、すぐに手を出したくなる。晶子は尖らせた口を薄く開けて、小さな鼻を膨らませて、せわしい呼吸をしている。汗が頭から首にたらたらと流れても一向に構わない。左手でぎゅっと握った布は団子になって、さっき刺した針がこの布のどこから出てくるのかわからない。晶子は背中を丸めて、頭ごと針に吸い込まれそうなほど目を布に近づける。これは指を刺すな、と初子さんが思った通り、晶子は「いたっ」と声をあげる。

初子さんはこの数日でミシンが恋しくなった。晶子のもたもたした手つきに付き合っているうちに、ミシンの針の動きを思い出した。足で加えた力が針の動きになる。ミシンを踏むと全身にその振動が伝わって、世界が目の前の針一本に集中する。単純な針の動きが生地を洋服にする。だらりとした布が形になる。どうやってただの一枚の大きな布が人の体に合う洋服になるか。子供の頃見た景色は魔法のようだった。覚えてみると、魔法の仕掛けは地道な作業だった。初子さんはそのひとつひとつの手間がいとおしい。出来上がりに近づくための順序を正確に辿る。最後にアイロンをかけると、生地はもう生地ではなくなる。人を待つ洋服になる。初子さんは晶子が針一本持って瞬きもしない夢中さを、自分も今すぐにでも体験したかった。

五

美根子が夜逃げした。初子さんが明日パン屋に戻るという日に、パン屋から電話があった。結納屋の新婚夫婦がいなくなった。美根子から何か聞いていないかと、パン屋は初子さんに尋ねた。初子さんは何も知らなかった。確かに、愚痴を聞いたことはあったが、夜逃げまでするとは思っていなかった。

初子さんは何か心細いような気持ちでパン屋に戻った。商店街は夜逃げの噂で持ち切りだった。

「あんた、何か聞いてへんか」

と結納屋のおばさんは初子さんに尋ねにパン屋まで来た。家賃を四ヶ月分滞納されていた。おばさんは言う。昨日の朝、会った時、美根子はいつもと何も変わらなかった。「おはようございます」と笑くぼを見せていた。愛想がよくて、感じのいい娘だった。初めて美根子を見た時も、この子なら大丈夫だと思って離れを貸した。あの時の美根子と最後に会った美根子は、何も変わらなかった。「騙された」とおばさんは呟く。どんなに今思い返してみても、夜逃げの兆候を読み取ることはできなかった。思い当たるのは、毎日母屋まで聞こえる夫婦の喧嘩の声である。表で夫婦に会うと、とても喧嘩をするような人たちには見えなかった。美根子はいつもにこにこしていて、あの大声の主だとは思えなかった。夫のほうも穏やかな人に見えた。人はそういうものなのだ。あんな若い夫婦でもそれくらいの仮面は被っている。いい年をして自分はそんなことにも気づかなかった。おばさんは悔しさをどこにぶつけていいかわからない。

初子さんはなんと言っていいかわからなかった。

その夜のうちに、初子さんは結納屋の離れをおばさんと見に行った。家は見事なまでに空っぽだった。ただ、玄関の横に明日の燃えるゴミが置かれたままだった。他には人の生活していた気配はもはや消えはてていた。これほど見事な夜逃げは一日でできるものではないとおばさんは言った。随分前から準備していたはずである。必要なものだけを持っていなくなるならまだかわいげもある。これではあまりにたちが悪い。黒いポリ袋に入れられたゴミは、生ゴミのきつい匂いがする。本当にいらないものだけを美根子たちは捨てていったのだ。台所の流しの蛇口からぽたりぽたりと水が落ちた。おばさんはいらいらして、蛇口をぎゅっと締めた。野菜屑が黒くなって小蠅《こばえ》がたかっている。おばさんは何度も蠅を取ろうとするが、蠅のすばしこさにかなわない。取りそこなう度に「あんまりや」とこぼす。

初子さんはここが美根子の言っていた台所かとしみじみと辺りを見た。あの派手好きな美根子にしては地味な所帯じみた部屋である。ここに家具があり、包丁や鍋があれば、もっと生活感のある部屋になっていただろう。美根子が嘆くはずである。結婚式では夢のようなドレスを着て、照明を浴びて、笑顔を振り撒いていたのに、生活するのはこんな古い家の離れである。換気されずにいたために、二つの六畳間にはむっとした空気がこもっている。台所のすぐ隣りの部屋には、畳にくっきりと箪笥《たんす》の跡がついている。それよりももっと深く畳がへこんでいるのは、卓袱台の足の跡である。ここで二人は毎日向かい合って気まずい食事をとった。奥の部屋に入ると、湿った畳が裸足に気持ち悪い。長い間、布団から人の汗を吸い込んで畳の目はしんなりとくたびれている。天井には黒い染みが木目に沿って長く走っている。美根子が床から見上げた景色はなんと汚らしいものだっただろう。押入れの襖《ふすま》にも茶色の染みが点々とついている。空っぽになった押入れは黴臭《かびくさ》い。今となっては何もかも不潔に見える。この部屋に若い夫婦が容赦なく押し込められていたのだ。

おばさんが部屋の窓を開けた時、さっと夜の涼しい風が入ってきた。初子さんは気づかないうちに息が詰まりそうになっていた。こんなにも外の風は気持ちがいいものかと思った。美根子はたまらなくなってこの部屋を飛び出したのだ。「嫌や、嫌や」と駄々をこねるような気持ちに突き動かされて、この部屋を飛び出したのだ。

空っぽの醤油の瓶が畳の向こうに転がっていた。いつか美根子が溜息をついた時の醤油の瓶だろうか。それはちきしょうと飲み乾された酒瓶のような姿だった。あの瓶は置いていかれたのだ。初子さんはその瓶を拾う。

「だらしのない」

とおばさんは怒る。初子さんは空っぽの瓶を抱きしめてやる。ひやりとした瓶をかわいそうにと抱きしめてやる。まだ少し醤油の匂いが残っている。

初子さんは、美根子は逃げたのではないと思う。たまらなくなってこの離れを飛び出したが、それまでに何日もかけて家具を運び出した。その数日間は、どれほど息を潜め慎重に日常を装ったことだろう。今までの自分たちの生活を模倣して、なにげない風を装って、母屋の夫婦の目をごまかした。ずっと息を潜めた人が、この町は苦しいと言った人が、どんな呼吸でこの町から去ったのだろう。きっと、あの人は走らねばならなかった。呼吸を乱すために、遠くまで走らなければならなかった。この町では足りなかった。寸法があまりに小さすぎた。初子さんは思う。あの人はぐっとアスファルトを踏みしめ、蹴り上げていったのだ。歯を食いしばって、あの大きな目で辺りを窺って、心臓の音をどくどくさせて、ここからいなくなった。平和な商店街は誰もそれに気づかなかった。あの人はきっと白ゆりのスカートをはいていった。あの花が好きだと言っていた。ああ、この部屋には新しい醤油がない。あの人と一緒に行ってしまったのだ。どうしても大事なもののように、新しい瓶を抱えていったのだろうか。あの人はわたしたちを置いていったのだ。ああ、大きな目をした人だった。人がこれでよしと思うものを、あの人はその大きな目で見ていた。本当にいいのか。本当にいいのか。目の下の隈《くま》がその大きな目をもっと大きくしていた。さよなら。さよなら。白ゆりが大好きだった人。

初子さんは自分の部屋に戻ると窓を開けた。絶えず外の風が入るようにしておきたい気持ちになっていた。夏の終わりの風が吹いていた。闇の向こうに駄菓子屋の看板が見える。あのおじいさんはもう寝ているだろう。秋が近づくと、おじいさんの夕涼みも終わる。あんパンも買いに来なくなる。去年も一昨年もその前もそうだった。そろそろそんな季節になる。

夏の終わりは葬式が多い。暑さがふっと止む頃に、真夏の間ぐっとこらえていた神経がふっと緩んで、糸が切れたように人が死ぬ。あのおじいさんは大丈夫だろうか。去年の夏、近所のおばあさんが死んだ時に、皆がまたこの時期だったと声を潜めた。初子さんもそのおばあさんを知っていた。ただ毎日静かに過ごしている。永遠にそういう日が続くようで、いつ見ても変わった様子はなかった。おじいさんもそうなのだろうか。初子さんは父親の死の突然さをずっと忘れられないでいる。

翌朝、初子さんはいつものように便所掃除をした。広い場所なら埃は隅にたまる。便所のような場所では埃は逃げ場がない。人がしゃがむ度に初子さんの割烹着から出た埃が舞い上がって、全体に満遍なく積もっている。初子さんはそのために、毎朝、便所掃除をしなければならない。初子さんが便所掃除をしていると、弥生が嬉しそうに言った。

「初子さん、うちな、自分でお尻ふけるようになってん」

大きな目が輝いている。美根子はこの目を褒めたことがある。

「やいちゃん、大きいお目々やね」

子供はいいなと初子さんは思う。

「やいちゃん、ちょっとずつお姉さんになっていくんやなあ」

と初子さんが言うと、弥生はへらへらと笑った。

「そやけどな、自分で拭いたらな、後でお尻かゆいねん」

弥生はまだまだ無邪気な子供の顔である。

その日、初子さんは久しぶりに店番をした。パン屋は相変わらず、あんパンとクリームパンだけで商売をしている。主人は今日も中身を間違えて作っているかもしれない。交換はやはりひとくちまでである。

「何があかんねん」

とパン屋の妻は悪びれる様子はない。

三時頃におじいさんがあんパンを買いに来た。初子さんはショーウィンドーからパンを取り出しながら、あんパンでありますようにと祈った。

初子さんが夕方に自転車で駄菓子屋の前を通ると、おじいさんがいつものように夕涼みをしていた。

「あの、今日、あんパンでしたか」

初子さんが聞くと、

「んー」

おじいさんはどちらともつかない返事をする。初子さんは自転車をこぐ。あんパンはあんパンだっただろうか。無事にあんパンだっただろうか。

うつつ・うつら

一

「わて、実はパリジェンヌですねん」

マドモアゼル鶴子は昭和四十二年からこんなことを言っている。

「わて、毎日、おフランスの香水、ぴゃぴゃぴゃぴゃぴゃぴゃぴゃぴゃあーてつけてますねん」

昭和四十二年から赤い振袖を着て、マドモアゼル鶴子はこの京都の舞台で漫談をしている。ファンはひとりだけいる。彦治さん。たまに観に来てくれる。客は笑わない。今の女は何だという顔をして口を開けている。大丈夫なのか。たまに本気で心配する客がいる。

「仏壇かて、わてとこの、皆さんとことちゃいまっせ。遺影からしてちゃいますねん。

ルイなんとかゆう人ですわ」

当の鶴子は沈黙されようが、ひんしゅくを買おうが、かまわず漫談に入る。

「ルイはん、おっちゃんやけどお姫さんみたいな頭してはりますねん。なんや、革命やなんやらで死なはって、えらい物騒な話だっせ」

客は焦る。何を言っているのか。お前、本当に大丈夫なのか。

「わても、えらいこっちゃ言うて、飛んで行ってたんけど、やっと、おフランス着いた思たら、もう初七日ですわ」

どこで笑うのだ。支配人はどこだ。

「坊さん、来てくれはっても、お茶なんか出しまへんで。カフェオレ、知ってはります？」

もはや不憫《ふびん》である。

「お経、終わったら、さっと、飲んどくれやす、言うて。坊さんかて、あ、こりゃ、おおきに、ずずずずー」

いいのか、これで、と思っているうちに、

「ほな、おおきに、メルシー」

と鶴子は漫談を終えて舞台を去っていく。

鶴子はこんなことを三十年以上続けている。赤い振袖を着て、一体いくつになったのか。自分が何歳なのか、とっくに忘れてしまった。鶴子のことを若い芸人の中にはもう姉さんとは呼ばずに師匠と呼ぶ者もいるから、だいぶ年なのだろう。人は鶴子が芸人だからそんなふざけた格好をしていると思う。鶴子は真剣である。

鶴子は笑顔で舞台に立つ。

「おおきに、皆さん、ボンジュール」

そう言っても、鶴子の目は一度も笑ったことがない。いつも必死である。気を抜くと涙が出そうになる。

(わてはいつまでマドモアゼル鶴子なんや)

鶴子は昭和四十二年からずっとこの悲しみに堪えている。この舞台の上で、ずっと変わらずマドモアゼル鶴子であることが苦しくてたまらない。

ひとりでもファンがいるだけ鶴子はましである。この劇場は残酷である。今日の客は二人だった。客席が異様に静かである。幕が開いて喜劇が始まれば、客席よりも舞台にいる人間の数のほうが多い。漫才を始めようと思えば、客席も二人。一人二人の前では、落語家もどこかで稽古をつけてもらっているような気になってくる。この劇場は毎日こうである。それでも芸人たちは最後までやる。もうこれしかないとしがみついた人間の意地である。

それだけではない。この劇場自体がおかしい。客は鈍い。笑わないし、理解が遅い。目を開けて寝ているのかと思う。もしかしたら放心しているのかとも思う。あの重いドアのせいである。客席の後ろのドアである。この街には昔からぬるま湯が張っている。ぬるま湯は水よりも重い。この湯の中で生きる人は湯の抵抗で動きが緩慢になる。急ぐことができない。それでも、そのぬるさがこの街の心地よさである。このドアは客が入るたびにそのぬるま湯を劇場に入れて、そのまま溜めてしまった。湯は劇場の中で温度も変えずここで重さばかりを増やした。この劇場にはもう天井まで見えないぬるま湯が張っている。ここには音が響くための空気がない。舞台からこのぬるま湯に向けて、どんな言葉を発しても音は消える。劇場の中では何もかも鈍くなる。時間もここでは流れが鈍る。どんな動きもこの湯の中では勢いを失う。浅い呼吸に慣れたこの町の人はすぐにこのぬるま湯に馴染む。鶴子を見て心配してくれる客はまだましである。ほとんどの客がじっと座ったまま何の反応も示さず、ぼんやりと舞台の芸を見つめる。

時々、犬の散歩の途中に立ち寄る人もいる。犬と人間が口を開けて舞台を見上げる。舞台が終わると、その犬を忘れて帰る。どこまでぼんやりしているのか。その犬がそのまましばらく劇場にいついて、演芸の最中に鳴くことがある。犬だけでない。猫もいる。客は舞台が退屈になると、猫に持ってきたせんべいをやる。ここは餌がもらえると、ますます猫がいつく。客席で子供を産んだ猫もいた。

鶴子はそんな劇場で漫談をやっている。このぬるま湯の中で何度も窒息しそうになりながら、ぐっと奥歯を噛み締めている。

さらに、鶴子を苦しめるのはこの劇場の古さである。小さな劇場で一階は映画館である。下からの映画の声が聞こえてくる。いつからか毎日、映画「糸三味線」だけを上映している。一体、「糸三味線」は何をする映画なのか、とにかくよく人が叫ぶ。映画の中の叫び声は特にはっきりと聞こえる。芸をしていても、

「あっれーぇーぇーぇー」

と耳をつんざくような女の声がする。芸人がどんなに話術に長けていても、この女の悲鳴が勝つ。ああ、あの場面だな、帯がするするの。いやらしいなあ、もう。客は

あの場面を思い浮かべる。ああ、見たいなと思う。その後、はっきりと聞き取れないが、なにやら音が客の足元から聞こえてくる。あやしげな音に思える。どうなっているのだろうなと思う。やっぱりこれはあれだろうなと思う。今、目の前にいる芸人よりも下の音が気になってしようがない。舞台で落語が始まっても、それどころではない。さっき漫才をやっていたのに、いつの間に出し物が変わったのだろうと思う。ちょっとは舞台も見てみるかと思っても、そのうち下から、

「とのーっ」

と聞こえてくる。あ、「との」なら襖《ふすま》の向こうで変なことしてます。早く行ってあげないと若い娘がかわいそうです。本当、ああいうことはいけません。

ただでさえ、客が少なくて笑わないのに、この映画のおかげでますます客は気を散らす。出し物の順番はいつももめる。普通なら芸歴で決まる順番も、ここでは下から聞こえてくる声で決まる。あの女の悲鳴にあたる時間は一番人気がない。あれは一瞬にして全てを壊して、後の一切を無意味にする。せめてあの女の悲鳴の前に自分の出番を終わらせたいと芸人たちは思う。

この劇場からは芸人がいなくなる。下からの「糸三味線」の声に負けて、堪えられ

なくて舞台を去る。

　ある日、今日はもう舞台に立てないと思うのではない。舞台に立っていて、演芸の最中に「あっれーぇーぇーぇー」と聞こえると、気がついたら、体がもう走り出している。声の勢いに押される。この声から逃げずにはいられない。もう自分の芸がこの声に殺されるのに堪えられない。逃げて自分の芸を守りたい。芸は舞台でしか成立し得ないものなのに、芸を守るために、芸を抱えて舞台を去らねばならない。客はこの声に意識をさらわれる。脈絡もなく突然聞こえた悲鳴に想像力を働かせる。次に意識を舞台にやった時には、漫才をやっていたのに、ひとり減っている。二人いたはずだが、と考える間もなく、次の声が下からする。

「無念じゃあ！」

　と、下から男の太い声が聞こえてくる。何があったのかと耳を澄ましてしまう。この人は本当に悔しいのだろうなという声である。この人の一大事である。

　長い物語の中でなにやら必死の声が何度もする。

「おとっつあーん」

　あ、下でまた何かあった。気の毒に、何だか知らないが気の毒である。あんなに声をあげてよっぽどのことである。まだ若い娘の声である。あの「あっれーぇーぇーぇー」の声とは別人のようにも思うし、もしかしてとも思う。「お鈴ー」という声がしょっちゅう聞こえる。この娘がそうなのかなと思う。お鈴に何があったのだろう。劇場の入り口の看板の「糸三味線」と書かれた赤い字の横でうつむいている女がお鈴かなと思う。あのお鈴に「との」はあんなことを、と思う。「お鈴」は色んな人に呼ばれる。どうしたのだろうと思う。どうしたのかはっきりしないまま、少し映画は静かになる。大丈夫かな、お鈴は、と気にしながらも客はとりあえず舞台に集中する。そう言えば、今日自分は演芸を観に来たのだったなと思い直す。落語も漫才も喜劇もちゃんと観ようと椅子に座りなおした途端、

「くせものーっ」

とまた声がする。あの「との」が切られるのだと思う。お鈴にあんなことをしたのだから罰が当たったのだ。こんな「との」は見殺しにしてしまえばいいのにと思う。「との」はどうなるかなと耳を澄ましていると、

「ひとでなしーっ」

と女の声がする。そうそう、あんまりだと客は納得する。何がそんなひどいことな

のかわからない。わからないが、聞こえてくる音の勢いに押されて頷《うなず》いてしまう。もう一生恨んで、孫子の代まで祟ってやりそうなほどの声である。よっぽどのことをこの人はされたのだ。人の道というものがある。それはあんまりである。お鈴かなと思う。別のもっと年上の女の人かもしれない。この「糸三味線」は一体何人の人が出て、何がどうなっているのだろう。考えても仕方ない。気になるだけである。改めて舞台の演芸に集中するが、気になる。そう言えば、今日は演芸をと思った頃に、

「たっしゃでなあー」

と聞こえる。腹の底から出る声である。怒ってもいないし、必死の声でもない。気持ちのいい声である。よくわからないが、とりあえずよかったなと客は思う。あんなに色々あったのだ。「あっれーぇーぇーぇー」と帯の解ける悲鳴がして、「無念じゃあ」と目を剝《む》くような声があがった。誰かの「おとっつあん」もどうかなってしまったし、「との」もえらいことだった。「くせもの」と叫んでその後、「との」だったのか、「あっれーぇーぇーぇー」の後「との」だったのか客はよく覚えていない。なにせ、目の前では漫才があり、喜劇をやっている。舞台で「あほ言うな」と芸人が言ったかと思うと「ひとでなし」と下から聞こえる。一時はどうなるかと思った。お鈴が

どうなったかわからないが、最後は胸をなでおろして客は劇場を後にする。今日は何をしに劇場に来たのかわからないまま、家路につく。

この劇場ではもう芸が成り立たない。下の映画館から強引な声がして、客は目の前の舞台を沈黙と鈍さで壊してしまう。いつも劇場の下では何か起こっている。絶えず誰かが声をあげている。波乱万丈である。笑い事ではない。芸人たちは自分たちはこんなところで何をしているのだろうと思う。鶴子もそう思う。そう思うが、鶴子には夢がある。掌に爪を立てて握るこぶしで、この舞台にしがみつくには訳がある。

いつか下の映画館の美人女優になる。芸名も考えてある。「早乙女紅子」。早乙女紅子になって、映画の中で過ごす。下の映画館の映画はこのぬるま湯に負けない。スクリーンの中には確実に物語が存在し、何にも邪魔されずに進行している。約束は必ず守られる。昨日と同じことが今日も必ず起こる。鶴子はもうこの舞台に疲れた。鶴子は「糸三味線」の世界に逃げ込みたい。そこで一生、座布団の上にちんと座っていたい。鶴子はこの舞台から見えるゆらゆらしたぬるま湯に堪えられない。鶴子はいつもうっとりと「糸三味線」という箱の中に収まっていたい。赤い振袖を着て、黒い髪をつやつや光らせたまま、目を半分だけ開けて時間を過ごしていたい。

鶴子はこの舞台でぬるま湯に溺れそうになりながら芸をする。ぬるま湯で舞台はもうぬかるみ、足元に確かな硬さはない。ぬるま湯も土に染み込むと冷たくなる。鶴子は何十年もそのぬかるみに立って芸をする。足元まで届く振袖は鶴子の漫談の大げさな動作の度に、ぬかるんだ土を跳ね上げる。それが振袖の模様を消し、鮮やかな赤はもうくたびれてしまった。

いつも舞台の下から聞こえてくる映画の声を、鶴子は全身で聞いている。「あっれーぇーぇーぇー」という声は芸人を脅かすが、鶴子はこの声に脅《おび》えつつ、この声の世界に憧れる。これなら自分もできる。東京弁は喋《しゃべ》れないから、この役か重い病気で死にかけのお姫様の役にしてもらおうと思う。そんな思いを胸に秘めて、「糸三味線」の看板を鶴子は毎日見上げる。じっとうつむいている娘の横顔が自分の姿に見える。いつか自分はあの娘になる。あの娘になって、雨の日も風の日も、いつか看板が吹き飛ばされてもあの絵の中でじっとしている。

鶴子は信じている。いつかスカウトマンが来る。黒いスーツを着て、ぴかぴかの靴を履いて映画の撮影所からスカウトマンが来る。映画の撮影所では皆、東京弁を話すらしい。きっとスカウトマンは東京弁で「ちょっと、君」と言う。劇場では漫才師しか使わない「君」という言葉を、いつか鶴子は東京弁で聞く。「君、いいね」と言われる。「そうでっしゃろ、そうでっしゃろ」と鶴子はその人について行く。

鶴子はドアが開くのを待っている。いつかあのドアをスカウトマンが開ける。舞台で漫談をする鶴子の目が見据えるのはそのドアである。ぬるま湯の向こうに揺らいで見えても、それだけが自分を救うと鶴子は信じている。鶴子の出す言葉が客席に届いても届かなくても、客の元にたどり着く前に湯の中で溺れても、鶴子はここで芸をしなければならない。体中にのしかかる湯の重さに堪えなければならない。離れてはならない。ここにいるのだ。ここで待つのだ。ここで信じるのだ。客席の後ろのドアがぎぎぎぎーと開いてスカウトマンがやってくる。「わてはここやでえ」と毎日芸をしながら鶴子は叫んでいる。いつかマドモアゼル鶴子でなくなる日を、鶴子は今日も明日も信じて待っている。

鶴子の目の端にいつもちらちら映る少女がいる。お茶子の小夜子である。小夜子はタキシードを着た双子漫才師「夢うつつ・気もそぞろ」の妹である。いつまでたっても何の芸も身につけないのでお茶子をやっている。一番若い小夜子はよくいびられる。

そのたびに兄のうつつとそぞろが助けてやるが、男女別れた楽屋の中では小夜子を守る者は誰もいない。

「ああ、また小夜ちゃんは」と小夜子の小さなミスを見つけて芸人たちは意地悪く笑う。鶴子は目の端でそういう光景を見ていても、一度も咎《とが》めない。いやらしいことをすると思っても、こんなぱっとしない劇場での悪意などたかが知れている。どんな悪意も所詮、この劇場の小さな楽屋の中での出来事である。この畳に根を張ることはない。

小夜子はよくひとりで、歌を歌っている。

「ほっちっちー」

そこから先は歌わない。ただひたすら、わらべ歌の「ほっちっちー」のところだけを歌っている。「お前はあほの鶯《うぐいす》か」とどんなに叱られても、その場は黙るがまた歌う。いつもどこかから小夜子の「ほっちっちー」が聞こえる。全ての芸人がこのぬるま湯に苦しんでいるのに、小夜子はひとり、ぬるま湯に「ほっちっちー」をぷかぷか浮かべて遊んでいる。お茶子の気楽さからそんなことをするのだと、小夜子の歌に皆いらいらする。鶴子も小夜子が好きになれない。これまでに何人もの芸人がこの劇場に堪えきれずに逃げ出した。小夜子だけが平気である。「ほっちっちー」は「あっれーぇーぇーぇー」が聞こえても、劇場のぬるま湯が重くても、何にも動じない。鶴子は思っている。小夜子のような子にはわからない。どうしても舞台にしがみついていたい芸人の意地も、いつまでもスカウトマンを待つ鶴子の苦しさも、「ほっちっちー」しか歌わない子にはわからない。この子はいつになったら、この劇場からいなくなるだろう。

その小夜子の兄の「夢うつつ・気もそぞろ」がこの劇場に来たのは、数年前である。赤い蝶ネクタイがうつつ、青い蝶ネクタイがそぞろ。いつも浮かない顔で「ほっちっちー」を歌う小夜子が初めて嬉しそうな顔をした。うつつとそぞろは大阪の劇場で漫才をしていた。客受けが悪くなるにつれ、大阪の仕事は減り、京都の劇場に回されるようになった。数年前にとうとう、この劇場の専属になってしまった。二人は客の少なさにも参ったが、何よりもこの劇場のぬるま湯に何度も窒息しそうになった。

「兄さん、ほっちっちー」

と小夜子が無邪気に笑うたびに、二人はここでの呼吸を覚えていった。ここでは空気も風も求めてはいけない。この街の人たちの静かな呼吸でなければならない。これを知らない芸人は窒息する。もう堪えられなくなって走って逃げる。うつつもそぞろも何人もの芸人がこの舞台から逃げるのを見てきた。二人は思っている。たまたま、逃げたのは別の芸人だったが、明日は自分たちかもしれない。二人はいつも気を張っている。どんなに疲れても、何とか浅い呼吸を繰り返す。溜息をつこうと息を胸いっぱい吸い込めば最後である。口に入ってくるのは重いぬるま湯である。それを肺に入れてはならない。湯の中でくらくらして、よろめいても何とか踏ん張らねばならない。ここで倒れてはならない。うつつは必死の思いで舞台に立つ。

そぞろはいつまでもこの舞台に慣れない。

「そんな、あほな」

と漫才中にそぞろがうつつの肩をはたこうと重心を移動させると、そぞろは眩暈《めまい》を覚える。足元がわからなくなる。ぬるま湯の浮力に負けそうになる。ふっと流されそうになる。

「お前、おかしいで」

と楽屋でうつつはそぞろに言う。うつつは覚えている。あの大阪の笑い声を今でも耳の奥に残している。うつつはそぞろに腹が立つ。苦しいのはお前ひとりではないとそぞろに言う。どんなことがあってもこの舞台に立つ。うつつはその信念だけを持っている。
「この蝶ネクタイが重い」

とそぞろは青い蝶ネクタイをはずす。これが鉛でも吸い込んだように重い。どんなに足に力を入れて立っても、首の蝶ネクタイがぐらぐらと重心を狂わせる。ちょっとした動きが自分の全てのバランスと足の力を奪う。

「もう、ここしかないぞ」

とうつつは言う。自分たちにはこの舞台しかない。「ああ」とそぞろは返事をするが、舞台に立っているのがやっとである。

「そぞろ兄さん、ほっちっちー」

と小夜子はそぞろに笑いかける。

「ああ、お前はええ子やなあ」

とそぞろは小夜子の頭をなでてやる。小夜子を見ていると、舞台での消耗が信じられなくなる。こんな何もできない子が笑っている。自分があそこで苦しいのはなぜなのか。

そぞろを心配して小夜子は出番前に楽屋に来る。

「そぞろ兄さん」

と小夜子は小さな手で青い蝶ネクタイを渡す。これはこの子が持てるほどに軽いのだ、とそぞろは思う。

「ああ、お前はええ子やなあ」

と受け取った途端、そぞろは蝶ネクタイの重さを思い知る。これを首につけるのか、これを首につけてあの舞台に立つのか。そぞろの顔は青ざめる。もう一度小夜子の頭をなでる。

「お前は……」

と言葉をなくしてそぞろは思う。小夜子は兄さんにこんなものをくれるのか。こんなものをつけろと手渡すのか。小夜子、大丈夫だろうか。兄さんはここに戻ってこれるだろうか。お前の頭をまたなでてやれるだろうか。

「そぞろ、行くで」

とうつつは出番のために立ち上がる。そぞろも立ち上がろうとする。うつつのように立てない。毎日、舞台で踏ん張る足がもう体を支える力をもたない。この楽屋で立ち上がることさえやっとである。

「そぞろ兄さん、ほっちっちー」

小夜子が見上げて言う。小夜子の声をそぞろは聞く。「ほっちっちー」だけで自分もよかったかもしれない。「ほっちっちー」だけなら、こんなことにならなかったかもしれない。

そぞろはうつつと舞台に立つ。自分の苦しみなど何も感じない観客を見る。客の顔は湯の向こうでゆがんでいる。うつつが台本どおりの漫才を始める。

「ああ、そうやねえ」

そぞろも台本どおりの相槌《あいづち》を打つ。続けて自分のセリフをと思った瞬間、「あっれーぇーぇーぇー」という声が湯の中を突き抜ける。そぞろは全て忘れる。足に力を入れること。浅い呼吸を繰り返すこと。首の蝶ネクタイの重さに堪えること。あ、と思ったときには、足が舞台から離れていた。舞台が一瞬、無重力になって、そぞろをふわふわとどこかにさらってしまった。青い蝶ネクタイが首から外れて、浮力にもぬかるみにも負けずに舞台に落ちた。その場にいなかった小夜子はその音を聞いた気がした。音の響かない劇場で、あまりに重くて初めて音を立てた蝶ネクタイを小夜子は泣いて拾った。これはこんなに重かった。ほっちっちーと、いつもそぞろ兄さんに手渡していたわたしはなんと残酷か。

一緒に舞台にいたうつつはぬるま湯にさらわれるそぞろに一瞬手を伸ばしたが、自分はそこから動かなかった。ここで芸をする。この舞台に立つ。今までよりももっと、足に力を入れる。芸のためなら、このぬかるんだ舞台に埋まってもかまわない。

うつつも鶴子や他の芸人と同じである。この劇場のぬかるんだ舞台に立って、衣裳のタキシードは泥だらけになっている。あの笑いがもう一度ほしい。そのためにうつつは新しい相方を探した。うつつは鶴子に声をかけた。うつつはどうしても舞台にいたい。そのためにはこの舞台に堪えられる強さが必要である。この劇場でこのぬるま湯にも負けず、「糸三味線」にも負けない芸人は鶴子しかいない。うつつは鶴子が一体いつからこの劇場に立っているのか知らない。不気味な婆さんだと思っている。うつつは鶴子がこの劇場をどう思っているか知らない。鶴子は何年も逃げ出しもせず、毎日ちゃんとこの舞台にやってくる。客が寝ようが放心しようが、自分の芸を繰り返す。他の芸人のように愚痴もこぼさない。とにかく続けている。鶴子は不気味である。何年も同じ劇場にいて、この人が何者なのか未だによくわからない。そもそもなぜマドモアゼルなのか。謎だらけだがそんなことはどうでもいい。うつつはとにかく舞台で漫才をしたい。この際、不気味なくらい問題ではない。この人なら逃げない。相性などどうでもいい。

この話を鶴子は気に入らなかったが、支配人の意向もあって、断れなかった。鶴子はこの劇場に残るためなら、何でもする覚悟でいなければならない。

「マドモアゼル鶴子夢うつつ」という名で二人は舞台に立つことになった。

鶴子はうつつが気に入らない。なぜ、自分がそぞろの代わりなどしなくてはならないのか。早乙女紅子になりたいのに、これではまるで夫婦漫才である。嫌である。スカウトマンが見たら、なんと思うだろう。どうしよう、スキャンダルは女優生命に関わる。わたしにはファンもひとりいるのに。コンビ名もおかしい。「マドモアゼル鶴子夢うつつ」、マドモアゼル鶴子は夢うつつではない。目を血走らせて、歯を食いしばってマドモアゼル鶴子である。早乙女紅子になる日まで、どんなに惨めな思いをしてもこの舞台に立っているのだ。

何よりも鶴子が疎《うと》ましいのは、うつつがまだ芸をあきらめていないことだ。「そもそも芸ちゅうもんはな」と年寄りたちの説教が始まると、うつつとそぞろはいつも神妙な顔で頷きながら聞いていた。鶴子はあほらしい。この劇場で求められるのはもはや芸ではない。気力である。「糸三味線」の中に入らなければ、鶴子はどうなるかわからない。うつつはそぞろが消えたのを間近で見ていたのに、まだ芸をあきらめていない。「糸三味線」の声で芸は何度も中断される。ただでさえぼんやりした客はもう舞台で何をやっているのかさっぱりわからない。

鶴子はこのコンビを解消したい。早くひとりに戻りたい。ひとりに戻って、漫談「法事でジュテーム」をやらなければならない。

鶴子はうつつの作った台本を無視する。こんな芸などつぶしてやると思っている。台本どおりに漫才をしていても、下から「無念じゃあ！」と聞こえると、

「いやぁー、どないしはったんやろか」

と鶴子は言う。うつつは狼狽《ろうばい》する。かまわず鶴子は、

「うち、ほんま心配。下の人、どないしはったんやろかぁ」

ととぼけたように言う。「おとっつあーん」と聞こえると、

「あ、あんた、呼ばれてるで」

とうつつの袖をひっぱる。

何とか台本どおり進行しても、うつつが「なんでやねん」と鶴子の肩をたたくと、

「気安ぅ、触らんといて」

と手をはねのける。

鶴子との舞台が終わると、うつつはどっと疲れる。悔しい。鶴子はわざとあんなことをしている。うつつがどんなに稽古をしても、鶴子は思いどおりに行かない。このコンビはこちらから言い出したことなので、うつつはどうしてもきつく言えない。何とか言葉を選んで、

「鶴子姉さん、頼みますわあ、ほんま」

と言うと、

「あほ、うちがあほなんや。うつつ、このとおり」

と鶴子は心にもなく頭を下げる。

「そやけどな、うちはほんまにあの人が心配やねん。何がそない無念なんやろか」

とまるで反省の色がない。鶴子とどんなに話しても話が前に進まない。何も通じない。疲れるが、うつつはあきらめるわけにいかない。そぞろを失ったうつつにはもう鶴子しかいない。この舞台で漫才がやりたい。明日こそは鶴子にちゃんと言おうと思

っても、いつもいつも訳のわからない言葉ではぐらかされる。そのうち、うつつも夜中に布団の中でふと考える。あの人は一体何があんなに無念なんだろうか。鶴子はずっと心配している。何があったのだろうか。うつつもだんだんわからなくなる。「無念じゃあ」は台本にあったのか。いつも聞こえる。あれは予定された言葉なのか。鶴子は今日も不思議がる。昨日もそうだった。ここ何日も鶴子は同じことを言う。あれは明日も聞こえる。これからも聞こえる。あれに答えを出さなければならないのか。あの声は自分たちの芸を壊しているのではない。あれは自分たちの芸なのか。ああ、そうなのかと疲れたうつつは眠ってしまう。

翌朝になれば、違う、やっぱり違うと思う。鶴子はおかしい。わざとやっている。何が無念でもどうでもいい。とにかく漫才をやるのだ。そうやって、うつつが気を取り直しても、「無念じゃあ」と聞こえると、鶴子は「どないしはったんやろか」と始めてしまう。うつつは毎日疲れて混乱してくる。夜だけでない。次第に、舞台の上でもうつつは鶴子に巻き込まれる。芸の最中に本気で、あの人に何があってあんなに無念なんだと腕組みして考え込んでしまう。「おとっつあーん」と聞こえると、え、小夜子か、どうした兄さんがいるだろうと思ってしまう。

うつつは楽屋で一人になって、初めてはっとする。壊れている。芸が前よりもおかしい。

うつつがどんなに辛抱しても、鶴子と何を何度やってもうまくいかない。鶴子と一緒になってから、舞台は余計ややこしくなった。今までこの「糸三味線」に想像力を奪われていたのは観客だけだった。芸人には突然の悲鳴はただの音の凶器に過ぎなかった。うつつはそぞろといたときは、下からの声にびくびくしながら漫才をしていた。すっとんきょうな叫び声がすると一瞬我を忘れたが、我に返ったときに、無事にスタンドマイクの前に二人で立っているとほっとした。うつつもそぞろも泥ばかりが跳ね返って、逃げ出しそうになるのをこらえて舞台に立っていた。そうやってうつつとそぞろを脅かした下の声を、鶴子は平気で芸の中に持ち込んでくる。うつつは「糸三味線」の声に自ら耳を傾けるようになった。声がすると、あのお鈴というのは小夜子の友達かなあと考えてしまう。うつつの足はぬかるんだこの舞台にどんどん飲み込まれていく。足元に妙な安定感ができて、うつつはどんどん沈んでいく危険を察知できない。うつつはもうここから走って逃げられない。

本当はうつつなどこの鶴子にかなうはずがない。鶴子は昭和四十二年から赤い振袖を着て、早乙女紅子になる日だけを夢見ている。うつつがどんなに稽古しても鶴子は鶴子である。うつつがどんなに芸人人生を賭けて挑んでも、鶴子はマドモアゼル鶴子である。そぞろではない。

ある日、疲れて、かっとなったうつつが声を荒げた。

「犯すぞ」

「うつるで」

鶴子はすかさずそう返す。この人は本当に訳がわからないと、この瞬間うつつはあきらめた。

二

鶴子はまたひとりに戻った。この日を待っていた。このぬるま湯の中で堪えるしかないとわかっていても、この日が鶴子は嬉《うれ》しかった。今日はもしかしたらスカウトマンが来るかもしれない。来なくても、堪えられる。今までどおり、早乙女紅子になるために、劇場がどんなに重くても舞台に立つ。久しぶりにひとりで立つ舞台は重いだろう。何とか今日も一日この舞台の鈍さに堪える。鶴子は奥歯をぐっと噛み締めて、赤い振袖に金の帯を締める。必ず早乙女紅子になる。そう自分に言い聞かせる。そうやって、鶴子が鏡の前で覚悟を決めていると、後ろで小夜子の「ほっちっちー」がした。

「何で、うつつ兄さん、生き埋めにすんの」

めったに人と目を合わせない小夜子がじっと鶴子を見る。赤い目をしている。そぞろがいなくなったとき、小夜子の「ほっちっちー」の声は震えていた。小夜子はそぞろ兄さん、そぞろ兄さんと泣いていた。小夜子は手にそぞろの青い蝶ネクタイを持っている。今の小夜子の手にはもうその蝶ネクタイは重い。蝶ネクタイはしっかりと結ばれていたのではなかった。留め金で軽くひっかけるだけのものだった。その留め金はもうすっかり錆びていた。そぞろがぬるま湯にさらわれたときに、蝶ネクタイはそぞろの首から簡単に取れた。今、青い蝶ネクタイは確かにそこにあるが、それでそぞろを名乗っていた人間はもういない。

「なんのことや」

鶴子は、ああ、しんきくさい子と思った。お前の「ほっちっちー」で皆、神経が参っているのに、うつつの漫才をつぶしたたくらい何だ。早乙女紅子のためではないか。鶴子は悪びれない。

「姉さんも、沈む」

小夜子は目をそらさずに言う。気味の悪い子である。「ふん」と鶴子は気にも止めなかったが、その日の舞台ですぐに小夜子の言うことを思い知ることになった。舞台はうつつと組む前にやっていた頃と確かに変わっていた。

「わて、実はパリジェンヌですねん」

と鶴子は漫談を始める。今までどおり、できると思う。

「無念じゃあ！」

と聞こえて鶴子は黙る。鶴子はもうこの声を無視しない。あの人はどうしたのか。何があって、あんなに無念なのか。うつつの傍らで考えていたことをひとりになっても考える。黙った鶴子は下の映画館に耳を澄ましてしまう。ぬるま湯が揺れている。音が鳴っている。のーのーのー。聞いたことのない音である。ああ、あれが糸三味線かと鶴子は思う。長い間、憧れていたあの看板の中の娘はこの音を鳴らしていたのか。鶴子はその音を聞いてしまう。のーのーのーと糸三味線は鳴っている。わたしも弾きたいと鶴子は思う。宙を見つめて、あの音だけを響かせたいのだ。のーのーのー。鶴子はそれを聞いて、漫談を忘れる。「法事でジュテーム」は止まる。鶴子は沈み始める。ぞうりの鼻緒はもう赤くない。泥を吸って、文鎮のように重く足の甲にのっている。それが鶴子を沈める新たなおもりになる。鶴子はそれにも気づかず、黙って舞台に立っている。あの音、あの糸三味線をわたしは弾きたいと思う。こうやって。鶴子は手を動かす。振袖が重い。その重さに堪えようとして、はっとする。何をしている。なぜ拳を作らない。この手はいつもそうしていた。なぜ、この手であの糸三味線を弾こうとしている。鶴子は慌てて、拳を握る。ここでわたしは早乙女紅子になる日を待っているのだ。鶴子の額に冷たい汗が出る。小夜子が言った。

「姉さんも、沈む」

鶴子は自覚する。足元がおかしい。今までよりもぬかるんでいる。鶴子の足は以前よりも沈んでいる。鶴子は聞こえる「糸三味線」の声だけを舞台に持ち込んだ。今度は自分で音を作った。

一方、うつつは決意する。鶴子にもできるなら自分も漫談をする。うつつは台本を作る。あの舞台でひとりで立つ自分が話す内容を決める。うつつは楽屋で思い浮かべる。あのぬるま湯の張った客席。ぬかるんだ舞台。あの聞こえる声。「お鈴ー」。うつつは考える。そう、お鈴というお姫様がいた。この話をしよう。うつつはひとりで舞台に立つ。そぞろもいない。鶴子もいない。うつつはマイクの前で話す。漫談「手ぬぐい恋唄」。

「お鈴は行灯《あんどん》の明かりにかざします。いとしいあの人のお手紙を」

うつつは丸めた半紙を広げる。

「ああ、大変。敵討ちに行ったあの人が」

えらいことですとうつつは身を乗り出す。お客さんも聞いてください。

「お鈴は泣きます。いつぞやの手ぬぐいで涙を拭きます」

うつつは半紙を四つに畳む。ああ悲しい。あの人に何が。

「ここに天下の名刀がある。これがあればあの人は」

うつつは宙を見つめて、あの人を案じる。ぐっと拳を握る。

「今すぐ行って差し上げたい。駕籠《かご》をー、駕籠をー、駕籠をーっ」

うつつは声を張る。

「あっれーぇーぇーぇー」

とすっとんきょうな声が下から来る。うつつは黙る。これはお鈴の悲鳴。どうしよう、お鈴がさらわれた。漫談の途中なのに。今からあの人のもとに行くところだったのに。天井から忍者が出てきて、お鈴を担いで屋根の上に逃げてしまった。お鈴がいなくなってしまった。部屋の前で見張っていてもだめだ。そんなところから正々堂々と誰も襲って来ない。どうすればいい。お鈴のあの人も今大変なのに。誰があの人を助ける。肝心のお鈴もいない。うつつは黙って立ち尽くす。その間にも下から映画の声がする。今や「糸三味線」はただの騒音ではない。この声の持つ具体性をうつつは考える。そうしている間にうつつの足はさらに沈む。うつつは鶴子と離れても自分で芸を壊している。違う。今は漫談「手ぬぐい恋唄」をしている。そう思い直しても、すぐに下から声がする。

「とのーっ」

と聞こえる。うつつは思う。遅い。もうお鈴は帰ってこないかもしれない。普段から気をつけていないと。忍者が廊下を歩いてくるわけがない。すごく訓練されているんだから。自分はこの天下の名刀をどうしたらいいだろう。お鈴がいない。あの人のところに行けない。うつつは白い半紙を握り締めて混乱する。うつつの漫談に客はますます沈黙する。この人はマドモアゼル鶴子よりすごいことをしていると客は思う。

うつつは来る日も来る日もこの漫談をする。自分はそぞろのように負けない。ここで芸をすると意地になる。

「駕籠をー、駕籠をー、駕籠をーっ」

うつつはぬるま湯に向かって声を張る。あの人のもとに天下の名刀を届けに行く。うつつの口にぬかるんだ舞台の泥が入る。口の中はいつも土の味で苦い。足は沈む。うつつは前よりもぬかるみの深さを知って、惨めになる。うつつはそれでも駕籠を呼ぶ。声はぬるま湯に消える。漫談は中断される。うつつは立ち尽くす。翌日も漫談をする。うつつがどんなに頑張っても、「手ぬぐい恋唄」のお鈴は駕籠を呼べない。あの人のところに行けない。

「あなたを忘れたことなどありません」

うつつは女の細い声を出す。必ず、あなたの元に参ります。今日こそ駕籠を呼びます。

「許してください。いつまでもここにいるわたしを許してください」

うつつは半紙に頬擦りする。これはいとしい人からのお手紙。わたしはこの人のために駕籠を呼ぶのに。

「あっれーぇーぇーぇー」

と声がする。うつつは青ざめる。今日もわたしはさらわれる。わたしはどこに連れて行かれる。あの人に会いたいのに。あの人に天下の名刀を渡さなければならないのに。女のわたしは力に負けてどこに行く。

そんなうつつを見て、いつも下を向いてじっと何も言わない小夜子が、楽屋で声を出して泣く。うつつ兄さんがおかしい。よれよれの半紙に頰を寄せて、駕籠を呼ぶ。楽屋に帰ってもあの半紙は手紙のまま。うつつ兄さんは駕籠を待つ。おかしい。そぞろ兄さんの次はうつつ兄さんか。小夜子は泣く。あんまりだ、あんまりだ、あんな兄さんは見ていられない。兄さん、兄さんと呼んでも振り向かない。やめて、やめてと言っても返事をしない。わたしは誰に何を言われてもかまわない。どんな言葉もわたしの中を素通りする。廊下でうつむいていれば、兄さんたちが助けてくれる。それなのに、今は待っても待っても、誰も来ない。そぞろ兄さんはいなくなった。うつつ兄さんは振り向かない。疲れて、壊れて動かない。わたしが呼んでも呼んでも聞こえない。

「やかましい」と誰にどんなに叱られても小夜子は泣いている。「あんなものは芸とちゃう」と年寄り芸人が言っても、泣いている。そんなことではない。この劇場に小夜子の大事なうつつが殺される。小夜子は子供のように泣いている。兄さん、兄さんとおんおん泣いている。そぞろ兄さんもいなくなった。わたしは毎日あの青い蝶ネクタイを渡して「ほっちっちー」と笑って、気づかなかった。今度は違う。うつつ兄さんが苦しんでいるのがわかる。わたしはもう蝶ネクタイを誰にも渡さない。うつつ兄さんは自分で蝶ネクタイをつける。今日も舞台に出ると、わたしが止めても自分で蝶ネクタイをつける。どうしたらいい、どうしたらいい。小夜子はいつまでも泣く。

鶴子は「ふん」とそっぽを向く。わたしは悪くない。ああ、うるさい子、「ほっちっちー」の次は声を限りに泣いている。泣きたいのはこっちである。わたしはあの舞台でどうすればいい。他の芸人の冷たい視線が鶴子に突き刺さる。あんな厄介な子をどうして泣かせる。あの子はこれからもかまわず泣くだろう。お前のせいだと皆が言う。鶴子は小夜子が泣き止むのを待つ。どんなに悲しくても、泣き疲れるということがある。夜になってやっと小夜子は静かになった。

「小夜ちゃん、ほれ」

と鶴子はなんでもないふうを装って、手元のこんぺいとうの袋を開けようとした。指がしびれている。早乙女紅子になるために、一日でも無事にこの舞台に立っていなければならない。そのために握る拳がもう疲れている。本当は鶴子も泣きたい。どうしたらいい。あの壊れた芸をどうしたらいい。袋は破けて、こんぺいとうが畳に散らばった。

小夜子はさっとかがんでこんぺいとうを拾おうとする。まだ長くはない髪がゆらりと揺れて、うつむく小夜子の顔を隠す。髪に隠れる前の小夜子の目は赤かった。

「うつつは何も言わんか」

と鶴子が聞くと、小夜子はこんぺいとうに伸ばした手を止めて、うつむいたまま返事もしない。細い首だけが白い。「糸三味線」の中の娘みたいだと鶴子は思った。小夜子の髪は何年もつやつやしている。鶴子がずっと憧れてやまない光景である。鶴子はこんなふうにうつむいて、座布団の上にちんと座っていたいのだ。顔など上げずに畳の目をぼんやりと指でなぞっていたいのだ。

「あんた、何色のんが一番好きや」

鶴子が聞くと、小夜子は少し顔を上げて、ピンクのこんぺいとうを指でつまんだ。小夜子の泣いたばかりの顔はあどけない。兄さん、兄さんと呼んでも誰も返事をしなかった。そぞろはいなくなった。うつつは疲れていた。怖い怖いとひとりで泣いていたのに、散らばったこんぺいとうを見て小鳥みたいに寄って来た。小夜子はさっき泣いていたのを忘れて、ピンクのこんぺいとうをつまんでいる。これが好きとピンクのこんぺいとうを鶴子に見せる。あほな子、あほであほでしょうがない子。鶴子は思う。こんな子が泣いてはかわいそうである。つまようじみたいな細い小さな指である。まるで子供である。こんな幼い子かと鶴子は思った。そぞろがいなくなったとき、残された青い蝶ネクタイを拾ってこの子は立ち尽くしていた。頼りない子がもっと頼りなく見えた。うつつが芸を壊されて、小夜子はまた幼くなった。この子はどんどん弱くなる。この子はやっと言葉を覚えたばかりの幼い子供である。覚えた言葉が嬉しくて「ほっちっちー」とそればかり歌って、下を向いているしかない幼い子供である。かわいそうにと鶴子は思った。この子はこんなにふらふらしている。舞台に立てないはずである。この子がこの足であの舞台に立ったら、あっという間にぬるま湯に呑まれてしまう。

「うちはピンクが一番好きやのん」

と小夜子が小さな口をとがらせて言う。ああ、いつか、この子に袋いっぱいピンクのこんぺいとうをあげたいと鶴子は思った。

「うちがあんたの両の掌いっぱいにこんぺいとう、あげたら、あんた何くれる」

鶴子が聞くと、

「姉さんに、白い羽あげる」

と小夜子は細い声で答える。

「あんた、ええ子やな」

と鶴子は言って、その後、黙って二人で畳の上の色とりどりのこんぺいとうを拾って食べた。

うつつは愚かな芸を繰り返す。うつつの足はどんどん沈む。小夜子は泣く。やめてやめてと毎日うつつに叫ぶ。

「うつつ兄さんが」

と小夜子が鶴子に言う。小夜子の顔はやはり幼い。この子がいくつなのかわからない。何年も劇場にいるから子供のわけがないのに、じっと訴える目は大人にすがるしかない弱い者の目である。次は誰に頼ればいいのか、誰に守ってもらえばいいのか、小夜子はひとりではだめである。この子には誰かがついてやらなければならない。この子に残ったうつつを鶴子は追い詰めた。どうすればいいと小夜子の目が聞いている。姉さん、姉さんと小夜子の目は聞いている。ぱちりと瞬きをすれば、涙がこぼれそうな目である。だって、姉さんが、と小夜子の目は訴えている。鶴子は目をそらして、下を向く。視界に入る小夜子の指は、あのこんぺいとうを拾った頼りない細い指である。畳の上のこんぺいとうを一粒ずつ拾って、その中でピンクが一番好きなかわいい子である。うつつとそぞろにばかり頼って、何年たっても何もできないままである。青い蝶ネクタイだけを残されて、今度はうつつが赤い蝶ネクタイを残して沈もうとしている。この子はどうしたらいいだろう。かわいそうな小さな子。あのとき、誰がこの子の大事なうつつの芸を壊したのか。誰がこの子のうつつを追い詰めたのか。こんぺいとうをもらって、いつか白い羽をあげると答えたこの子に何の罪があるだろう。「ほっちっちー」しか歌わない子がこれからひとりになって、どうやってここで生きていくのか。小夜子を見ていると、鶴子は早乙女紅子を忘れそうになる。ああ、かわいそうなことをしたと思う。この姉さんが悪い。あんなことをして、小夜子のうつつを苦しめたこの姉さんが悪い。どんなにピンクのこんぺいとうをあげても、この子は救えない。鶴子は小夜子に約束する。

「あんたの兄さん、返したる」

できるかどうかわからない。小夜子を見ていたら、そう言ってやらねばならない気がして、鶴子は約束をしてしまった。

うつつは何も知らず芸をする。客も他の芸人も冷ややかにうつつの芸を観る。なぜ、うつつは黙るのだ。あの声を聞いてこの舞台から逃げるならわかる。なぜ、うつつは「あっれーぇーぇーぇー」の悲鳴が聞こえた途端、舞台で立ち尽くすのだ。いつあの漫談は進むのだ。いつまでたっても、お鈴はあの人に会えない。あの男は何を考えているのだ。「駕籠を」とあれだけ声を張り上げて、その後、なぜあんなに疲れるのだ。小夜子の幼さを知って、鶴子にはうつつの姿が痛々しい。誰も笑わない。ただ溜息をつく。もうやめよう、もういいだろう。鶴子は何度もそう声をかけようとした。鶴子はピンクのこんぺいとうをつまんだあの小さな指が忘れられない。あのとき、うつつとコンビを続けていればよかったのだ。かわいそうな小夜子。うつつしかいない小夜子。あの子をもう悲しませてはいけない。鶴子は決意した。うつつと声をかけて、うつつに謝ろう。うつつを説得しよう。舞台から降りろ。小夜子のもとにいてやれ。うつつにそう言おう。

「うつつ」

鶴子は声をかけるが、うつつは返事をしない。鶴子は何度もうつつを呼ぶ。鶴子はうつつを止めたい。こんな惨めなことがあるだろうか。

うつつは純粋である。小夜子が泣いている。そぞろをなくして、次はうつつだと脅えている。鶴子はわが身が切られるような思いがする。こんな残酷なことをしたのは自分である。この舞台の辛さを誰よりもよく知っている。早乙女紅子という夢がなければとっくにここから消えていた。鶴子はもう長い年月の間に、ここでの芸が無駄なことを知っている。うつつは若い。うつつは純粋だった。鶴子はそれが疎ましかった。かわいそうなうつつ。うつつはまだ子供から成長したばかりなのだ。やっぱりほしいと高いところに手を伸ばす。うつつは足元に積み上げられた木箱の山は今にも崩れそうなのに、あれがほしいと天ばかり見ている。うつつ、危ない。そんなに背伸びをすると転げ落ちてしまう。お前のいるところはすでに崩れそうなのだ。そこに立つだけでも危険なのだ。お前はもう一人前の体重がある。成長したものほど怪我は大きい。うつつ、手を下ろせ。そっと座れ。座っても全体重を木箱にかけてはいけない。ひとつひとつの木箱はもうあちこち腐っている。そんな脆《もろ》いものでお前の足元はできている。うつつ、その怖さを知れ。木切れはいつか土に返る。今度こそ大地以外何も残らなくなる。そうなればお前はどうすればいい。

うつつの目はもう疲れて何にも焦点を合わせない。鶴子の声もただの音になって名前を呼ばれてもわからない。うつつは一日一日消耗する。

「うつつ」

鶴子は今日もうつつを呼ぶ。自分がうつつをここまで追い詰めた。小夜子が泣いている。うつつをここで生き埋めにしてはならない。うつつもそぞろや他の芸人のようにここから走って逃げればいい。ここで死ぬことはない。ここでつぶれることはない。うつつ、逃げろ。うつつ、死ぬな。お前はずっと小夜子を守ってやれ。小夜子を連れてここから出て行け。小夜子が今日も「兄さん、兄さん」と呼んでいる。うつつ、あの声を聞け。あの幼い、かわいそうな小夜子の声。どうしたらいいかわからない小夜子の声。うつつ、お前、辛いだろう、今日こそ逃げろ。小夜子が待っている。赤い蝶ネクタイは置いて行け。そんなものにこだわるな。小夜子が「兄さん、兄さん」と呼んでくれるだろう。それで充分だろう。鶴子は舞台袖でうつつに届かない声で訴える。ここでのうつつは弱い力で堪えるだけである。もはや時間の問題である。

鶴子はこの舞台で何人もの芸人が逃げるのを見てきた。逃げた芸人には救いがある。逃げれば生きていける。生きるために逃げる。失わないために逃げる。鶴子はこのぬかるんだ舞台で、ぬるま湯に窒息して、「糸三味線」に耳をつんざかれて、それでもじっとして、最後にはここで死ぬ人間を見たくない。鶴子は呼ぶ。うつつ、うつつ、うつつ。

三

ある日、たちの悪い客が客席にかごに入った九官鳥を持ち込み、そのまま忘れていった。演芸の間中「ヤカマシイ、ヤカマシイ」と九官鳥は奇声をあげていた。下からの「糸三味線」、客席の沈黙、九官鳥、いつもよりも舞台は壊れた。客席に入った犬や猫を追い払うのはお茶子の小夜子の仕事である。小夜子は九官鳥のかごを楽屋に持ち帰った。「アホ、アホ」と楽屋でも九官鳥は鳴いていた。「なんとかしぃ」と上の芸人に言われても、小夜子は下を向くだけである。いつもそうである。自分にはどうしようもないと、知りませんとばかりに下を向いて黙ってしまう。こうなったら小夜子はどんなに待っても、叱られても何も言わない。相手は舌打ちでもしてあきらめるしかない。「しんきくさい子やな」といつもなら相手も引くが、その日は九官鳥がずっと鳴いている。そぞろもいない。うつつは疲れて畳の上に座り込んで動かない。

「姉さんに、鳥あげる」

と小夜子がぱっと顔を上げて鶴子に言った。初めて小夜子の幼い顔が明るく見えて、約束の白い羽みたいに鶴子は九官鳥をもらってしまった。

鶴子は九官鳥をパリ千代と名付けた。パリ千代が覚えていた言葉は「アホ」「ヤカマシイ」「アッチ、イケ」だった。どういう飼い主なのか。鶴子はこのパリ千代と一緒に舞台に立つことにした。どうせ、この舞台は何も台本どおりにいかない。鶴子の耳にはあの日から「のーのーのー」と糸三味線が聞こえる。この音が聞こえると何度も黙る。漫談は止まる。うつつと同じである。それなら、いっそ、パリ千代が気まぐれに鳴けばいい。「ヤカマシイ」とパリ千代が鳴けば、鶴子は我に返るだろう。「なんやの、あんた」と驚いた振りをすれば芸になる。パリ千代が言葉にならない鳥の声を出せば、「あんたもうるさい」とつっこめばいい。

鶴子はいつまでたってもうつつを助けてやれない。うつつはまだ舞台にいる。お鈴になって駕籠を呼んでいる。鶴子がどんなに呼んでもうつつは振り向かない。鶴子はうつつに振り向いてほしい。一刻も早くうつつに謝りたい。「うつつ、このとおり」と頭を下げたい。説得したい。こんな劇場にいるな。こんな壊れた劇場で意地を張るな。あきらめろ、うつつ。

小夜子は舞台の袖でうつつをじっと見ている。最近は「うつつ兄さんが」と訴えることはなくなった。小夜子はあきらめているかもしれない。せめてうつつの最期を見届けてやりたいと思っているかもしれない。鶴子は小夜子の後ろ姿を見つけても声をかけることができない。なんと言っていいかわからない。うつつをあんなにしたのは自分である。鶴子はせめてうつつのように自分も苦しむべきだと思う。小夜子に自分の苦しむ姿を見せなければならない。うつつが毎日ぬるま湯に向かって口をいっぱい開けて、「駕籠をーっ」と叫ぶように、自分もここで声を出すべきだと思う。うつつをあんなに追い詰めて、自分はうつつよりももっと苦しまなければならない。鶴子はパリ千代に予定された台本を預ける。鶴子はどんなに苦しんでも足りない。黒い鳥を傍らに置いても、まだ罰にはならない。

鶴子はパリ千代と舞台に立つ。覚悟の漫談は「法事でジュテーム・その2」。パリ千代がいつ「アホ」と言っても、「ヤカマシイ」と言っても、鶴子はそんなことは計算済みだという顔をして漫談を続ける。ときどき、「のーのーのー」と聞こえると、鶴子は黙る。パリ千代が鳴くと、鶴子は我に返って漫談を再開する。つまらない舞台である。誰も笑わない、誰も聞いていない。パリ千代が「アッチ、イケ」と鳴けば、「フランス、行って来たとこやがな」と切り返す。「のーのーのー」が鳴り、パリ千代が鳴き、鶴子の芸は日に日に壊れていく。もう仕方ない。鶴子がここにいるのは早乙女紅子になるためである。小夜子に苦しむ姿を見せるためである。ぬかるみの中で泥が跳ね返ってきても、それに堪えるしかない。自分はもう泥を浴びて当然なのだ。

鶴子はパリ千代に言葉を教えることにした。「なんまんだー」をパリ千代に教えようとした。覚悟はできている。どこでパリ千代が鳴いてもいい。「なんまんだー」ならどこで何度パリ千代が鳴いても、芸を壊さない。どんどん壊れていく芸をなんとか守れるかもしれない。

小夜子が鶴子の邪魔をする。小夜子はパリ千代のかごの前で「ほっちっちー」を歌う。鶴子がパリ千代に「なんまんだー」を教えようとすると、小夜子が「ほっちっちっちー」とやってくる。鳥かごの前にぺたりと座ると、小夜子はいつまでも「ほっちっちっちー」と歌う。鶴子が何度咎めても小夜子は聞かない。「小夜ちゃん」と鶴子が言うと、いつも下ばかり向いている子が顔を上げて鶴子を見返す。姉さんなんかにわからない。苦しいうつつ兄さんのことなどわからない。脅えるわたしのことなどわからない。姉さんは嘘をついた。いつまでたってもうつつ兄さんを返してくれない。ほっちっちー、ほっちっちー、ほっちっちー。パリ千代はそれを覚えようとする。まだはっきりと完成されないが、近いうちにパリ千代は「ほっちっちー」と鳴く。

ある日、とうとうパリ千代は鳴いた。

「ほっちっちー」

と鳥かごから声がして、鶴子の手が震える。パリ千代の声は小夜子の声そっくりである。漫談のセリフが止まる。九官鳥は声までそっくり真似をする。誰の声だか知らない言葉を三つ話す鳥が、急に小夜子の声を出す。「法事でジュテーム・その2」をやっている間、パリ千代は「なんまんだー」ではなくて、「ほっちっちー、ほっちっちー」と鳴き続ける。

「坊さんがお経を――」

「ほっちっちー、ほっちっちー、ほっちっちー」

鶴子はどうしていいかわからない。「糸三味線」よりもやっかいである。ほっちっちーは鶴子がどんなに謝っても謝りきれない小夜子の声である。それが舞台の上でも聞こえる。漫談の間中「ほっちっちー」は流れる。客席のぬるま湯にも「糸三味線」にも囚われない小夜子の「ほっちっちー」。芸人たちを不安にさせていらいらさせる「ほっちっちー」。その「ほっちっちー」を鶴子は舞台で芸の最中に聞かねばならない。あの子にこんぺいとうをあげたのに。

「糸三味線」の突然の声よりも「のーのーのー」の音よりもパリ千代の声は明瞭である。まるでそこにその人がいるようにそっくりの声をパリ千代は出す。「ほっちっちー」と言うのは小夜子なのかパリ千代なのか声だけではわからない。鶴子は戸惑う。今日はどうだろうとびくびくしながら鳥かごを持って舞台に出る。鶴子はどんなに決意しても、どんなに覚悟を決めても、惨めになって逃げ出したくなる。うつつへの償いを投げ出したくなる。早乙女紅子という夢がなければ、とっくに、うつつも小夜子も裏切っている。鶴子はどんな過ちを犯したとしても、早乙女紅子になることをあきらめられない。この舞台の苦しさを知っているからこそ、早乙女紅子になりたいのだ。そのためにも、鶴子はうつつのように命がけでこの舞台に立たねばならない。そうでなければ、いつか逃げ出してしまう。鶴子の足はまだうつつほど沈んでいない。まだこのぬかるみから駆け出せる。鶴子は死ぬ覚悟で舞台に立っていなければ、苦しさに負けてしまう。そうなれば、早乙女紅子はどうなるだろう。早乙女紅子になりたいのだ。マドモアゼル鶴子のままならば、死んでもかまわないのだ。マドモアゼル鶴子の命など投げ出してもかまわない。

鶴子はそう思って舞台に立つ。苦しくなればうつつを見る。あの男がどれだけ芸にかけているかを目に焼き付ける。うつつはあんなに苦しんでいる。決心が揺らげば、あの姿を思い出さなければならない。うつつのようでなければ鶴子が早乙女紅子になる日は来ない。鶴子は漫談をする。すぐに耳をふさぎたくなる。「糸三味線」の声がする。「とのーっ」と聞こえる。「のーのーのー」と聞こえる。パリ千代が鳴く。小夜子と同じ声で「ほっちっちー。ほっちっちー」。この舞台が嫌になる。どんなにうつつの苦しみを目の当たりにしても、自分はあんなふうに全てを投げ出せない。命をかけるなど簡単なことではない。鶴子は怖い。ここで死ぬくらいなら逃げたい。逃げて、自分を騙《だま》しながらでも外の世界で生きていたい。

鶴子が脅えている間にも、パリ千代は新しい音と言葉を覚えようとする。パリ千代の学習意欲は旺盛である。どんな音も言葉もじっと聞く。何でも真似してみたい。ドアの開く音も、開幕のベルも真似する。事態は前よりも深刻になった。前までは意味が壊れていた。今やそれだけではすまなくなった。ぎぎぎーとあの重いドアの開く音がしたと思ったら、パリ千代の声である。今日こそはと思ってすがるような目でドアを見ても、ドアは閉まっている。鶴子はわからなくなる。開幕のベルが鳴っても、自分で時計を見るまでその音を信じてはいけない。鳥かごの中でパリ千代が開幕のベルを真似ている。パリ千代の再現力は完璧である。誰かの声がして振り返ると、パリ千代である。もう人の声がしても、その人が来たかどうかはわからない。鶴子が当たり前に思って、一度も疑ったことのなかったものをパリ千代が全部ただの音にする。パリ千代の覚える音にも言葉にも意味はない。対象はない。

ぬるま湯と「糸三味線」でずっとぐらぐらしていた言葉を、パリ千代は物や人からはがしてしまう。パリ千代は次から次へと言葉を覚えてしまう。パリ千代はどれだけそれを正確に再生するかだけに挑む。パリ千代はできるまで何度も何度も繰り返す。パリ千代に挫折はない。道はただ遠いだけで必ずたどり着く。ひとつの言葉を真似るたびにパリ千代はその自信を深めていく。パリ千代の壊した言葉は日に日に増えていく。音がしても声がしてもそこにいつもの物も人もいない。この劇場はなんと脆い言葉で作られていたのだろう。パリ千代は劇場を愉快に壊していく。釘を抜き、板をはがし、全てをがらくたにしようとしている。

　鶴子は静かな楽屋でかごの中のパリ千代を見る。憎らしいパリ千代。残酷なパリ千代。お前さえいなければ、こんなことにならなかった。パリ千代は瞬きをしない丸い眼でじっと鶴子を見る。鶴子の声を狙っている。パリ千代の小さな嘴《くちばし》は狙った音と言葉にとどめを刺す。鶴子は口をつぐむ。奪われてはならない。守らなければならない。わたしはここにいなければならない。

　パリ千代は言葉を覚えれば覚えるほど、得意になって叫ぶ。鶴子が話している途中でも関係ない。「ほっちっちー」と小夜子の声を出したかと思うと、開幕のベルの音を出す。鶴子がセリフに詰まると、その時に限って「ワテガ、イタリマセン」と言う。鶴子にはもうパリ千代が制御できない。パリ千代がわからない。パリ千代は鶴子の言葉を壊していく。それなのに、パリ千代は鶴子の「なんまんだー」をまだ覚えない。鶴子にもどうしても教え込もうという情熱がない。舞台から離れればできるだけ芸のことを忘れたい。あの舞台に立って芸をすれば、ぜいぜいと肩で息をして、次の呼吸がやっとである。かごの中のパリ千代に話しかける気力が残っていない。鶴子はどんなに疲れても、この舞台にいなければならない。今や鶴子には二つの使命がある。いつかマドモアゼル鶴子でなくなる日はここでしかやって来ない。そのために、ここで生き残らねばならない。何より、小夜子のためにうつつを助けてやらねばならない。パリ千代は鶴子の苦しみなど知らない。鶴子の言葉を上辺だけ覚える。鶴子は鳥は鳥だと思う。わかったようなことを言った例しがない。パリ千代には音だけしかない。パリ千代には意味がない。その言葉はどこにも縫いつけられていない。

鶴子はパリ千代が自分の言葉を繰り返すのにぞっとする。耳をふさぎたくなる。

「オニーサン、コノトーリ」

とパリ千代が真似するたびに、もう自分がどんなに「このとおり」と頭を下げても、謝罪は無意味になる気がする。鶴子はパリ千代に言葉を吸い取られて、いつか、からからに渇いてしまいそうである。鶴子は早乙女紅子になるためにこの舞台で話し続けなければならないのに、鶴子の言葉をこの鳥が屠《ほふ》ってしまう。鶴子は警戒する。いつも傍らにパリ千代がいる。滅多なことを覚えられてはかなわない。パリ千代が口にした途端、言葉は死ぬ。鶴子は自分の言葉を何としても守りたい。傍らのパリ千代に毎日脅えている。鶴子は無口になった。パリ千代に何も教えようとは思わなくなった。

ただ黙って、パリ千代の「ほっちっちー」を力なく聞いていることが多くなった。

鶴子の苦しみは止まらない。パリ千代は「糸三味線」の声も覚えてしまう。「あっれーぇーぇーぇー」と聞こえれば、パリ千代も「アッレーエーエーエー」とすっとんきょうに叫ぶ。

かつて鶴子の犯したタブーをパリ千代も犯す。パリ千代にとって言葉は全てただの音である。哀れっぽい女の声で「おとっつあーん」と言われて、すぐにパリ千代が何の感情もない音に変えてしまう。鶴子がルイ十六世の話をしていても、

「オトッツアーン、オトッツアーン」

と暗い客席に連呼する。「オトッツアーン」と叫ぶあの女はどうしたのか、まだ若い、気の毒にと思う瞬間もない。舞台も映画もあほらしく思えてくる。この九官鳥が一番正しい。何がおとっつあんで、マドモアゼル鶴子だろう。パリ千代が映画の声を繰り返すたびに、パリ千代の嘴によって剝ぎ取られた言葉が客席のぬるま湯にゆらゆら浮いている。鶴子はその死骸をなす術もなく舞台から見ている。もういくつの言葉がこの鳥の嘴で刺し殺されただろう。シャボン玉のように脆く、ぱちんぱちんとあの嘴に割られていく。鶴子はくじけそうになる。パリ千代が何を覚えても、何を言って

も、

「あほ、何言うてんの」

と一応は合わせる。

「法事行くのに、ルイはんのお家、どこか、人に聞きますねん。『ちょっと、そこのー』」

「ヒトデナシーッ」

いつもどおりでないことはよくあることである。わかっていても鶴子は辛い。ときどきはパリ千代の壊した言葉の亡骸《なきがら》があまりに辛くて、もう一日も辛抱できない気がしてくる。何とかその場を取り繕《とつくろ》うが、もう負けそうである。

鶴子は思う。自分はどうしてそんなに芸にこだわるのか。拳を握ろうとした手ががたかた震える。床に届きそうに長い振袖は泥を吸ってずっしり重い。いつまでこんなことを繰り返すのだろう。早くあのドアが開いて鶴子を早乙女紅子にしてくれないと、明日もここにいるかわからない。ぬるま湯に眩暈《めまい》を覚えて、かがんだ後、立ち上がる力がこの足に残っているかわからない。今にも両手に顔をうずめて泣いてしまいそうである。疲れました、疲れました、できません、できません。もう助けてください。

鶴子は楽屋にパリ千代を置いて、夜、誰もいない舞台に立ち尽くす。明日もここに立てるだろうか。今のこの静けさは全てが壊れて瓦礫《がれき》の中にいるようである。

「ほっちっちー」

と急にあの声がして鶴子は脅える。パリ千代は置いてきたのに。見ると、小夜子である。

「パリちゃんのまねっこ」

小夜子が笑う。小夜子はパリ千代が来てから、ときどき鶴子に明るい顔をする。うつつは日々やつれていくのに、小夜子は泣かなくなった。あいかわらず、パリ千代のかごに近寄っては「ほっちっちー」と言う。「小夜ちゃん」と鶴子がたしなめても、鶴子が自分を本気で叱れないのをよく知っている。パリ千代が鳴くと小夜子は笑う。小夜子はおもしろがっている。「姉さんも、沈む」と言った小夜子は鶴子がうつつのように崩れていくのを楽しんでいる。小夜子は許さない。大事なうつつをぬかるみに埋めようとして、いつまでたっても約束を守らない鶴子を許さない。もうすぐ兄を失うかもしれない小夜子に申し訳なくて、鶴子はこんぺいとうを食べるたびにピンクだけを選り分けておく。鶴子はわかっている。そんなことで済むはずがない。小夜子は幼く見えても、子供ではない。こんぺいとうなどで忘れるはずがない。小夜子は鶴子を許さない。こんぺいとうを食べる姿がどんなに無邪気でも、小夜子の小さな口に入ったこんぺいとうは、がりがりと音をたてて咀嚼《そしゃく》される。この子は牙を持っている。

「姉さんに、白い羽あげる」

とあいかわらず言う。鶴子を恨むとも許さないとも言わない。小夜子は弱くない。パリ千代に「ほっちっちー」を取られても平気でいる。最初にその「ほっちっちー」は誰のものだったかどうでもいい。「ほっちっちー」は「ほっちっちー」でいつでも小夜子の口から出てくる。小夜子は言葉などいらない。意味などいらない。ピンクのこんぺいとうと「ほっちっちー」とうつつとそぞろだけが小夜子の大事なものである。白い羽は持っていない。小夜子の約束はいつになっても約束のままである。鶴子はどんなに辛くても、小夜子にピンクのこんぺいとうをやる。それしか小夜子にあげられるものがない。一番この子に返してやりたいのはうつつである。それができない。あんな小さなピンクのこんぺいとうしか小夜子にやれない。

四

うつつはまだふらふらしながら舞台に立っている。毎日、舞台の上で駕籠を呼ぶ。

「駕籠をー、駕籠をー、駕籠をーっ」

うつつが必死で叫べば叫ぶほど、うつつは言葉をパリ千代に奪われる。パリ千代はもうこの言葉を覚えてしまった。鶴子の出番のときでもパリ千代は「カゴヲー、カゴヲー、カゴヲーッ」と叫ぶ。もううつつがどんなに叫んでも駕籠は来ない。それでもうつつは叫ぶ。「手ぬぐい恋唄」はうつつの最後の芸なのだ。うつつは、「あっれーぇーぇーぇー」と聞こえれば意識をさらわれ、我に返れば言葉を奪われる。鶴子は見ていられない。一日も早くうつつに頭を下げて、この舞台から助けてやらなければならない。鶴子は今日も「うつつ」と呼ぶ。どうしても謝らなければならない。どうしても説得しなければならない。うつつに何度無視されても、鶴子は呼ぶ。いつか、鶴子はうつつの振り向く日を待って、舞台に立つ。うつつほどの覚悟はやはりない。パリ千代と「糸三味線」とぬるま湯が今日も鶴子の芸をつぶす。鶴子の耳の奥に聞こえる糸三味線の「のーのーのー」は誰にも聞こえず、パリ千代にも奪われない。この音をパリ千代が奪ってくれればと鶴子は思う。パリ千代がこの音そっくりに鳴いてこの音を壊してくれればいいのに。糸三味線は生々しく鶴子の頭の中に響く。鶴子は芸が終われば、自分の楽屋にパリ千代を置いてすぐに、うつつのいる楽屋をのぞく。舞台の苦しさのまま、わたしもこんなに思い知りましたとうつつに頭を下げたい。鶴子は「うつつ」と呼ぶ。うつつは放心したように座っている。もう瞬きをする力も、薄く開いた口を閉じる力も残っていない。呼んでも呼んでも無駄である。この届かない言葉が鶴子を悲しませる。映画の上映も終わっている。この楽屋の中にはぬるま湯はないはずである。何も「うつつ」と呼んだ声を邪魔するものなどないのに、なぜうつつは振り向かないのか。舞台を終えて疲れた鶴子は、「うつつ」という言葉に容赦なく裏切られる。

鶴子は毎日、舞台でくじけそうになる。一日一日がやっとである。もう頑張れないと思う日が毎日である。そんな毎日の中でも、どうしても小夜子との約束を果たさねばならない。うつつを取り戻さなければならない。どんな疲れも絶望も言い訳にならない。あのけなげなうつつを放っておいてはならない。

毎日同じ日が続く。前に進まない、下にばかり沈む日が続く。

「姉さん、まだか」

と小夜子がぽつりと言う。目だけで訴える子が力のない声をだす。小夜子は待っている。苦しむ鶴子を笑っても、小夜子には鶴子しかいない。鶴子しかうつつを取り戻せない。姉さん、うつつ兄さんがと言う小夜子の目は疲れたうつつとよく似ている。やはり鶴子はこの子がかわいそうである。どんなにこの子が鶴子を恨んでも、この子の不幸の代償にはならない。鶴子は小夜子を助けてやりたい。これ以上、打ちひしがれる小夜子を見ていられない。鶴子は立ち上がる。鶴子はずっと疲れていた。舞台が終われば、パリ千代を置いて、そのまま楽屋の畳の上に座り込んでしまいたかった。うつつのもとに行っても、どうせ今日も何の反応もない。鏡に映ったうつつのやつれた顔の青さ。あのまま目を閉じれば棺の中の人のようである。うつつの首はあんなに細かったか。あそこからまっすぐ降りる背骨が、タキシードを脱いだシャツの上から浮き上がって見える。何度も鶴子はあきらめようとした。ピンクのこんぺいとうをどっさり持っていけば、小夜子が無邪気に笑って全部忘れてくれるのではないかと思った。

小夜子はうつつに触ってやる。日に日にうつつは痩せていく。小夜子の手には痩せたうつつの骨の硬さが伝わる。もうすぐこの骨が兄さんの体を突き破るかもしれない。小夜子はうつつをさすってやる。痛くない、痛くない。かわいそうに、かわいそうに。こんな赤い蝶ネクタイをつけて、こんなものしかなくて。痛い痛い兄さんの骨。早くしないと、兄さんの体は消えてしまう。赤い蝶ネクタイととがった骨だけが畳の上に散らばる。小夜子はピンクのこんぺいとうしかのらない小さな掌でそうやって脅えている。

小夜子を見て鶴子は思う。自分はあきらめてはいけない。疲れていてはいけない。鶴子は小夜子の手をさすってやる。何もできない小さな手。この手にはとがったものは、こんぺいとうさえ痛いはずである。この掌にうつつの骨がシャツの上から突き刺さる。こんな幼い子が思い知らされている。かわいそうに、かわいそうに。姉さんはひどいことをした。鶴子は小夜子の頭を抱いて、髪をなでてやる。ああ、小さな子。この子の中にはすぐに硬い骨がある。髪の下の頭蓋骨、力を入れたら音をたてて砕けそうな脆さ。よしよしとさする背中の薄さ。この中に組まれている骨はいつばらばらと崩れてもおかしくない。この子が毎日こうして堪えているのは本当は奇跡なのだ。この子こそ一日一日の辛抱がやっとなのだ。鶴子はこの弱い子がいとしい。うつつとそぞろがどうして小夜子をあんなに守ったか、鶴子は今になってよくわかる。小夜子はこんなに弱い。こんなに弱くてかわいい。鶴子はこの子をばらばらの骨にしたくない。鶴子はこの子を失いたくない。この子が無事にいつまでもここにいられるように、どんなことでもしてやりたい。

今のままではいけない。このまま放っておいてはいけない。鶴子は信じなければならない。小夜子のように信じて待たなければならない。もう一度呼ぼうと鶴子は思う。小夜子のためなら、もう一度、何度でもうつつの名前を呼ぼう。いつか振り向く気がする。小夜子があんなに待っている。小夜子は黙ってうつつの骨の痛さに堪えている。鶴子が心から「うつつ」と呼べば、うつつは「ん」と振り向いて鶴子の話を聞く気がする。うつつはわかってくれるはずである。鶴子はできる。うつつを返してやれる。

小夜子を助けてやれる。

鶴子は舞台が終わると、自分の楽屋に戻る前にうつつのもとに行く。自分はうつつを助けてやれると信じている。小夜子、姉さんはお前を助けてやるから。もう義務ではない。自信である。必ずそれができると鶴子は思う。

「うつつ、うつつ」

と何度も呼ぶ。小夜子もどこかで聞いている。振り向け、うつつ、返事をしろ。お前に謝りたい、お前に伝えたい、小夜子が待っている。まだあの子はお前の無事を信じている。うつつ、うつつ、うつつ。

何も変わらない。うつつの耳に鶴子の声は届かない。鶴子はあきらめない。かわいそうな小夜子。大事な小夜子。今すぐにうつつを返してやる。もう少し、もう少しだ。

その日はまだ来ない。鶴子の声ばかりが響く。小夜子、もう少しだから。そんな遠い日のことではないから。小夜子は無口になって返事をしない。姉さんは同じことばかり言う。時間ばかりたつ。うつつ兄さんの体は痛い。

楽屋でパリ千代が鳴いている。言葉になる前の音を出している。ここ何日もこの音がパリ千代の口から出る。変な鳴き方をすると鶴子は思っていたが気にとめなかった。

パリ千代の鳴き声は不快でぞっとする。いちいち今パリ千代が何を覚えようとしているのか、気にとめてもしかたない。何を覚えてもろくなことにならない。また何かが壊れるだけである。誰もそれを止められない。パリ千代に後戻りはない。習得したいものはすべてパリ千代のものになる。誰もそれに逆らえない。パリ千代は熱心に鳴く。完成が近づけば近づくほど、パリ千代は加速する。ほしいものに向かって突進していく。

あ、と鶴子は青ざめる。鶴子はまた過ちを犯した。鶴子はあの日から鳥かごを持ったまま、うつつの楽屋に行っていた。鶴子は知っている。この音がどんな言葉になるのか、鶴子は知っている。この音が何を目指しているのか。この音はもうすぐ完成される。うかつだった。小夜子、小夜子。鶴子はそこにいない小夜子に手を合わせる。わたしはまたなんということをしてしまったのか。小夜子、うつつはぬかるみに生き埋めになる前に死ぬ。わたしが殺した。あの黒い鳥はお前の大事な兄さんの名前を呼ぶ。

「ウツツ」

パリ千代が呼ぶ。呼んではいけない名前。壊してはいけない言葉。人の名前。パリ千代は嘴でうつつという言葉をぱちんと割る。パリ千代が再現すれば全ての音も言葉も今までの意味を失った。パリ千代が鳴けば、その音はもうその物や人から離れてしまった。電話の音は電話の音ではなくなった。パリ千代のただの音になった。ドアの音も、開幕のベルもパリ千代のものになった。人の声もパリ千代が習得すれば、その人の存在を示さなくなった。劇場はそうやって壊れていった。がらくたになった。音や声が物や人からはなれてぬるま湯を浮遊した。パリ千代が鳴くたびに、音や言葉は今までのところからはがれていった。言葉が世界からはがれると、世界は混沌に戻る。言葉を失った世界は闇に還る。人から名前がはがれるとどうなる。もういくつもの言葉をこの劇場で失った人間が名前までなくして、その後、どうなる。鳥かごの中の羽音を聞いて、初めて振り向いたうつつの顔が凍りつく。うつつの大事な名前。その名前をはがされては終わりである。パリ千代が名前を叫んだ途端、名前は音になってぬるま湯の中に葬られる。はがれた名前は手を伸ばしてももう届かない。名前を失った人は死ぬしかない。

「うつつ」

鶴子は呼ぶ。うつつの目は脅えている。もう遅いか。まだ間に合うか。わからない。

早く助けてやらねば。早く頭を下げて、うつつに謝るのだ。うつつ、逃げろ、うつつ、もういいから、鶴子はそう言ってやるのだ。

「うつつ、このとおり」

鶴子が頭を畳につけた瞬間、

「ウツツ、コノトーリ、コノトーリ」

パリ千代が叫ぶ。はっとして、鶴子は下げた頭を上げる力がない。パリ千代が壊してしまった。うつつを助けるために一心に待っていた鶴子の言葉を、いともたやすく嘴で突き刺した。体が重い。畳の上についた指が折れそうである。これが人の崩れる瞬間である。せめて鶴子は叫ぶ。

「うつつ、うつつ、うつつ」

「ウツツ、ウツツ、ウツツ」

言葉を習得したパリ千代は興奮して叫ぶ。鶴子は下げた頭を必死で振る。違う。違う。本当にお前に頭を下げたいのだ。だからお前を呼ぶのだ。お前を助けてやりたい。言ってやりたい。うつつ、逃げろ。逃げろ。まだ大丈夫だろう。うつつ、走れ。まだ間に合う。お前からうつつがはがれる前に、お前はここから逃げろ。

頭を下げたままの鶴子はうつつの顔を知ることができない。あの瞬きを忘れた目でうつつは何を見ているだろう。

「うつつ、このとおり」

鶴子は言う。そう言うしかない。必死でそう言うしかない。うつつ、許してほしい。うつつは何も答えない。うつつは震えている。どうしてこの耳をふさがなかったのだろう。どうして、こう何度も何度も、残酷な言葉を自分は聞いてしまったのだろう。

うつつは倒れた。そぞろがさらわれたぬるま湯に、うつつという名前と白い骨が砕けて漂った。

五

鶴子はそれからも舞台に立つ。鶴子はやはり早乙女紅子になりたい。鶴子は漫談をする。パリ千代と一緒に舞台に立つ。パリ千代はもう鶴子の言葉を奪い、「糸三味線」のセリフを壊した。鶴子の中にあるのは「のーのーのーのー」という糸三味線の音だけである。この音は実在しない。鶴子にだけ聞こえる。パリ千代はこの音を習得することができない。それ以外の言葉は全てパリ千代の前にさらされている。鶴子はそれでも漫談をする。からからに乾いた言葉を舞台で使う。

鶴子のたったひとりのファンの彦治さんはそんな鶴子を観にやって来る。時間が止まったような劇場の中で、この人だけは年月をそのまま生きた。彦治さんの子供も孫も、彦治さんに手を引かれてこの劇場に来た。いつも鶴子はいた。いつも赤い振袖を着て「法事でジュテーム」をやっていた。彦治さんは今日も来る。ひ孫の赤ん坊を連れて舞台を観る。ほら、あのかわいい鶴子と赤ん坊に指差す。鶴子はかわいい。彦治さんはあの人が大好きだ。金魚みたいにかわいい鶴子。振袖をひらひらさせて、ゆらゆら揺れる水の中を自由に泳ぐ鶴子。鶴子を見ているだけで幸せである。彦治さんは鶴子の苦しみを知らない。ただただ鶴子が好きである。ときどき、小さな声で「鶴子」と呟く。かわいい鶴子。大好きな鶴子。うっとりと鶴子を客席から見上げる。舞台が終わると、嬉しい気持ちのまま帰る。今日は鶴子を見た。かわいい、かわいい鶴子。彦治さんは赤ん坊を忘れて帰る。彦治さんは鶴子、鶴子と胸を高鳴らせる。眠った赤ん坊はそのまま劇場に残った。

「ほっちっちー」

と聞こえて、またパリ千代かと鶴子が振り返ると、小夜子だった。うつつもそぞろも失って、小夜子の顔はさらにあどけない。小夜子は白い塊を抱えていた。彦治さんの赤ん坊だった。白い毛布にくるまれた赤ん坊は赤い金太郎をしている。昔話の金太郎がしているあの腹掛けである。

「これは、うちのもん」

と小夜子は人形のように赤ん坊を抱える。小夜子は楽屋で幼いままごとをする。赤ん坊を金太郎と呼んで「ほっちっちー」と歌う。金太郎が泣けば小夜子は下を向く。急に何のことかと、小夜子は戸惑って下を向いて黙っている。わからないことは知りませんといつものように下を向いて、誰かの助けを待っている。鶴子は手を貸してやる。うつつが消えてこの子にはこんなことしかない。鶴子は金太郎をあやす。小夜子を困らせてはいけない。お前がいなかったら、小夜子は消えていた。お前は小夜子のためにおとなしく、いつも笑っていなければならない。お前は小夜子のかわいいお人形なのだ。人形は泣いてはいけない。人を困らせてはいけない。

小夜子は金太郎の機嫌のいいときだけ、金太郎を抱いて遊んでいる。小夜子にとって金太郎は人間ではない。

「金太郎、ほっちっちー」

と、うつつもそぞろも失った小夜子は赤ん坊に頬擦りする。お前はどこにも行くな、わたしをひとりにするなと金太郎がおとなしいときには誰にも触れさせない。背中でかばって、お前はずっとこうしていろと金太郎を抱いて「ほっちっちー」と歌う。金太郎は一日一日成長する。それに伴って、突然の泣き声は大きくなる。小夜子が知りませんと下を向いても、耳をふさいでも金太郎の泣き声は劇場中に響く。

「姉さん、姉さん」

と脅えて鶴子を呼ぶ。金太郎は泣く。鶴子がどんなにあやしても、火がついたように泣く。鶴子は途方に暮れる。

「なんや、どないした」

と聞いても泣くばかりである。鶴子にはわからない。金太郎は泣く。小夜子がいても鶴子がいても金太郎は泣く。何がほしい、どうしたと鶴子が聞いても、泣き続ける。文字にならない声を出して、いつまでも泣く。その声を聞いて、鶴子は気づく。金太郎はほしがっている。言葉をほしがっている。ああ、この子はもだえ苦しんでいる。どうしてわたしには言葉がない。それが苦しくて泣いている。鶴子はパリ千代のこんな姿を見たことはなかった。パリ千代の目は無表情だった。金太郎の目は涙を浮かべて、言葉を求めている。

小夜子は首を横に振って、「金太郎、ほっちっちー、ほっちっちー」と金太郎の欲求を止めようとする。うつつやそぞろみたいになるな。「ほっちっちー」だけでいい。

それだけでずっとわたしのそばにいろ。ずっと、かわいい金太郎でいろ。

鶴子は知っている。金太郎は人形ではない。金太郎は人間である。小夜子、無理だ。金太郎のほしいものをちゃんと与えてやらねばならない。

金太郎はその目でじっと周囲のものを見る。まだ知覚したものを記憶できない。昨日も今日も身動きできずに同じところにいるのに、金太郎の視界は新しい。金太郎はしきりに目を動かして周囲を見ようとする。自分の顔を覗くのが誰なのか、天井から垂れる電気の紐も、壁も、全部その目で見てやろうとする。その意思に反して、あまりにも金太郎の体は重い。ただ手足をばたつかせる以外、その体を自由に動かせる力も術もない。せめて眼球だけを動く限り動かす。あれを見たい、もっと遠くを見たい、その思いが頭と体のわずかな動きになる。いつか、その貪欲《どんよく》さはごろりと寝返りを打つ強さに変わる。金太郎はどうしても自分の視界を広げたい。もっと広い世界を見たい。その一心で動くことを覚えていく。鶴子はふと金太郎の貪欲さが恐ろしくなる。金太郎は泣く。ほしい、ほしいと泣く。目で見たものを完成させるための言葉がほしいと泣く。誰かがこの子に言葉を教えてやらなければならない。誰かがこの子の欲求を満たしてやらなければならない。誰が。小夜子は「ほっちちっちー」しか言わない。

この子に言葉を教えようとはしない。小夜子はまた下を向くだろう。わたしは知りません、と誰かを待つだろう。鶴子しかいない。鶴子がこの子に言葉を与えてやらねばならない。鶴子はひるむ。なぜ、鶴子がもう一度これをしなければならないのか。パリ千代に裏切られ、鶴子は劇場であらゆる言葉を失って、早乙女紅子を待つのがやっとなのだ。

鶴子は疲れてくる。どうしたらいいのかわからない。この小さな子を育てる覚悟などない。小夜子が勝手に拾ってきたのだ。犬や猫のように、人形を拾うみたいに勝手に拾ってきたのだ。金太郎は成長する。よしよしと抱き上げた金太郎が鶴子には重すぎる。金太郎の発する声はまだ音である。「あー」とも「だー」ともつかない。言葉ではないが、金太郎は意思を込めてくる。何かを訴えている。この子はパリ千代とは違う。

鶴子は小夜子のままごとに手を貸しながら、何とか毎日舞台に立つ。「あっれーぇーぇーぇー」と聞こえれば、それが自分自身の悲鳴に思えてそのまま倒れてしまいたい。「ウッツ」とパリ千代が鳴けば、消えたうつつを思って胸が苦しくなる。鶴子にははっきり見える。パリ千代のはがしたうつつが客席のぬるま湯を漂っている。他の芸人も脅えている。パリ千代が来てから、芸人は自分の芸を守るためではなく、自分を守るために舞台から逃げる。次は誰か。皆、無口になった。名前を呼ぶな、人の名前を絶対呼ぶな。芸人たちはお互い声をかけるとき、肩を叩いたり、直接、相手のもとまでにじり寄る。誰も人の名前を呼ばなくなった。誰も自分の名前を呼ばれなくなった。そうしている限り、パリ千代は名前をはがさない。芸人たちは忘れそうになる。あの人は、自分は、一体誰なのか。この舞台に立つ芸人はみな芸を失っている。そこで疲れて立ち尽くす人間に残ったのは名前だけである。名前など全てではないのに、名前しかない。その名前がなくなったら、舞台に立っている自分は何だろう。みな黙るしかない。名前だけは守りたい。

今、唯一名前を呼ばれているのが鶴子である。客席にはときどき彦治さんが来る。最近、彦治さんはもうろくしてきたが、赤ん坊のことを思い出す。赤い金太郎のかわいいあの子を忘れてきた。あの子はどこにいる。かわいい赤い、赤い、赤いあの子。赤い、赤い、赤い振袖のかわいい鶴子。彦治さんはまた赤ん坊のことを忘れる。彦治さんはうっとりと鶴子を見る。この人が大好きだった。わたしの人生の全てだった。わたしはこんなに思いつづけたのに、この人は一度も振り向かなかった。鶴子、わたしの愛した人。手の届かなかった人。彦治さんは声を出す。大好きな鶴子を呼ぶ。

「鶴子」

この声をずっと胸にしまっていた。彦治さんは呼ぶ。鶴子に聞こえるように声に出す。鶴子、鶴子。何度見つめてもわたしを見なかった人。わたしの生涯が終わる日が来る。わたしがここに二度と来ない日が来る。わたしは年老いた。せめて呼ぶ。あなたを呼ぶ。鶴子。大好きな鶴子。かわいい鶴子。鶴子、鶴子。パリ千代はその声を聞く。鶴子の名前を狙う。何度もはっきりしない音を出す。それは明らかに「鶴子」にたどり着こうとしている。時間の問題である。パリ千代は鳴く。彦治さんが来ないと、パリ千代は他の言葉に気を取られる。その間、「鶴子」をあきらめたわけではない。彦治さんが来れば、パリ千代の努力は再開される。

下から声がする。パリ千代がシャボン玉を割る。死んだ言葉が音になって浮いている。彦治さんが叫ぶ。スカウトマンは来ない。鶴子はわかっている。マドモアゼル鶴子はもうすぐ消える。彦治さんは鶴子を慕うあまり、鶴子を消そうとする。

パリ千代と一緒にいて、楽屋に帰れば金太郎がいる。この子を抱えて鶴子は途方に暮れる。やはり誰かがこの子に世界を教えなければならない。鶴子は一度失敗している。パリ千代である。パリ千代に鶴子は言葉を教えようとした。言葉を覚えたパリ千代は世界を覚えなかった。言葉だけが音のまま、意味も対象も持たず、劇場にふわふわと溢れている。今度は違う。人間の赤ん坊である。人間は九官鳥とは違う。世界の混沌に苦しんでいる。金太郎のような小さな人間までが苦しんでいる。金太郎は、さあ、早くと手を出して、言葉を求める。

鶴子はその役割が誰に課せられるか薄々知りながらも、ぐっと目をつぶって、舞台で芸をする。パリ千代が「ツルコ」と叫ぶのは今日かもしれない。明日かもしれない。マドモアゼル鶴子など死んでもかまわないはずなのだ。恐れることはない。鶴子には早乙女紅子という名前がある。一度も口にしたことのない名前、誰からも呼ばれたことのない名前。この名前はパリ千代の耳にも入ったことはない。ぬるま湯にさらされたこともない。大事に大事に鶴子の胸にしまってある名前。この名前だけが無事である。これだけが鶴子の大事なものである。

鶴子は考える。なぜ、わたしは試さない。なぜパリ千代の前で「早乙女紅子」と叫ばない。パリ千代が「サオトメベニコ」と叫んだら、わたしはどうなる。名前がはがれて、わたしは痛いだろうか。怖いだろうか。わたしは消えるだろうか。鶴子は知っている。「サオトメベニコ」と呼ばれて消えるわたしはいない。鶴子が消えたらどうなるだろう。鶴子と名乗っていたわたしはいなくなる。早乙女紅子はどうなる。ドアが開いてスカウトマンがやって来て、この舞台で何を見るだろう。名前だけがある。わたしはずっと待っていたのに、わたしは早乙女紅子になるために待っていたのに。それなのに、もうわたしはいない。あなたは遅すぎた。わたしはもうどこにもいない。

鶴子はパリ千代に殺される日が怖い。パリ千代が鳴くたびに、一日一日近づいてくる鶴子の名前がはがれる日。鶴子もうつつと同じである。ないものを信じて手を伸ばしていた。鶴子もマドモアゼル鶴子以外、何も持っていない。パリ千代に刺されたら終わりである。鶴子は怖い。どうしたらいいのかわからない。マドモアゼル鶴子はマドモアゼル鶴子のままである。

鶴子が脅えている間にも金太郎は成長する。金太郎は寝返りに成功した。視界は広がった。金太郎はもっと自由を求めている。もっと動いて、もっと世界を見たい。鶴子はやはり怖い。この子に言葉を与えたくない。鶴子にはもうできない。もうすぐマドモアゼル鶴子が消える。その自分にはできない。そんな思いをよそに金太郎は動く。体の重さをかえりみず、目に入ったものにぐっと手を伸ばす。わたしの体の全てでこれを捉えたい。わたしの体の中にこの世界の全てを取り込みたい。金太郎は口を開ける。食欲の旺盛さのように、よだれが金太郎の摑むひとつひとつを溶かそうとする。この子の体に入って、消化され、理解される。鶴子はそれを恐れる。知らなくてもいい、そんなことはどうでもいい。お前もすぐわかる。いつかお前も絶望する。お前は知らないのだ。ひとつ何かできるようになるたび、お前は自由を得たと思っている。違う。お前の自由はそのたびに奪われていく。お前が一番自由だったのは、何もできなかったあの頃だけである。

「あー」と訴える金太郎の口の中には小さな歯が一本はえてきた。この歯がやがて咀嚼を始めるのである。鶴子は怖い。やがてここに白い歯が一列に生え揃う。口の中に入れたものをその固い確かな力が嚙み砕くのである。金太郎は何でも口に入れる。「これこれ」と何とか口から引っ張り出したものには、小さな歯形が深く残っている。わたしはこれを知ろうとしたと金太郎はあちこちに刻印していく。

鶴子は震える。ああ、この子はパリ千代とは違う。パリ千代はこんなふうに嚙み付かなかった。お前はこの世界をどうしようと言うのだ。やめろ。鶴子は金太郎の歯にくわえられたものを救い出す。もうそっとしておいてくれ。金太郎は唸《うな》る。大事なものを取り上げた鶴子を見る。わたしはそれを知りたかったのに、と鶴子をじっと見る。鶴子は逃げる。あの歯形の深さを恐ろしく思う。金太郎は鶴子に向かって進んでくる。まだままならない手足で鶴子を目指す。ぐっと鶴子の振袖を摑む。お前を捕まえた。鶴子を認識しようとする。金太郎は鶴子をじっと見る。お前は誰だ。お前は誰だ。鶴子は後ずさりする。金太郎の手は握ったものを離さない。赤ん坊の拳はそういう力がある。鳥の翼とは違う。赤ん坊は手にしたものをまるで命綱のように離さない。鶴子は怖くなる。離せ、離せと後ずさりする。金太郎は鶴子の振袖を摑んだまま、ずるずると鶴子についてくる。誰もこの子をかごに閉じ込められない。翼もないのに、こんなにも意思を貫き通す。金太郎は泣く。教えてくれ。教えてくれ。わたしは知りたいのだ。わたしは認識したいのだ。お前は誰だ。

「鶴子」

鶴子は白状する。

「マドモアゼル鶴子」

こんな小さな赤ん坊の拳を振り切ることができない。わたしを捕まえて、もはや逃げることを許さない。金太郎は泣きやむ。鶴子の声を聞いている。お前は鶴子。鶴子か。鶴子は頷く。わたしはマドモアゼル鶴子だ。鶴子は泣く。誰にも問われたことはなかった。誰にも答えたことはなかった。ああ、金太郎はパリ千代とは違うのだ。こんなにもわたしにしがみついてくる。どうか世界を認識したいと願う。金太郎の手は高々と認識したいものを掲げる。これは何だ。これは何だ。世界はこの小さな手にわしづかみにされる。金太郎はパリ千代の嘴のように、世界を突き刺して壊そうとはしない。手に摑み、口に入れ、世界を捉えようとする。ああ、この日から鶴子は何度問い詰められたことだろう。何度、金太郎の手や口から世界を引き離したことだろう。ああ、この子から引き離すことのできないものがひとつだけあった。わたし。この子の拳に摑まれたわたし。わたしは鶴子。マドモアゼル鶴子だ。何度、この赤ん坊にこの名前を答えてやったことだろう。

金太郎の出す音はときどき、文字にできる明確なものになる。鶴子の言葉を聞く。じっと聞いて、模倣しようとしている。金太郎の学習よりもその意欲が先行する。金太郎は今すぐにも言葉がほしい。どうしてもどうしても、わたしはほしい。金太郎はじれったい。もどかしくて堪えられない。

小夜子は金太郎を抱いて、いやだいやだと泣いている。「ほっちっちー」だけでいい。何もいらない。金太郎には何も必要ないと小夜子は泣いている。小夜子がどんなに泣いても金太郎の泣き声にかなわない。ほしいものをほしいと、どうしてもちょうだいと求める泣き声には、全身の力がこもっている。小夜子がどんなに幼くてもこんなふうには泣けない。小夜子は弱くて、こんなふうには叫べない。泣いた金太郎は小夜子の腕の中でおとなしくはしていない。手足をばたつかせて、放せ放せと泣き叫ぶ。わたしを止めるな、わたしは自由だと金太郎は叫ぶ。金太郎はじっとなどしていない。小夜子がどんなに「ほっちっちー」を歌っても金太郎の泣き声にかき消される。小夜子は眠った金太郎を抱く。「ほっちっちー」と歌っても金太郎は聞いていない。鶴子にはどうしようもない。金太郎に裏切られる小夜子をただ見ているしかない。

金太郎の音は言葉になろうとしている。鶴子はあの恐怖を思い出す。パリ千代が鶴子という言葉を完成させようとしている今、鶴子という人間は崩れる寸前である。パリ千代が鳴けば、鶴子は終わりである。

その絶望の日はやって来た。苦しい舞台を終えて、鶴子はふらふらと楽屋に戻った。畳の上にどっしりと座った途端、パリ千代が鳴いた。恐ろしい音を完成させた。

「ツルコ」

彦治さんの声でパリ千代は鳴いた。ああ、ついに、と鶴子は前のめりに倒れた。いつかぼんやりと指でなぞっていたかった畳の目が額に食い込んできた。その横で金太郎が言った。

「鶴子」

小夜子が泣く。金太郎の口を押さえようとする。鶴子は起き上がる。小夜子の手を止める。金太郎は消えた鶴子を呼んだ。鶴子はわかっている。今度はどうなる。人間の赤ん坊が言葉を覚えたら、世界はどうなる。金太郎はパリ千代とは違う。言葉を縫い付けている。世界を作っていく。この子は鶴子を呼んだ。この子は手始めに自分から世界を作っていく。

鶴子は忘れていた拳を握る。わたしは名前を呼ばれた。わたしはもう一度作られる。鶴子は金太郎を抱き上げる。お前はわたしを呼んだ。消えたわたしを蘇らせた。金太郎は小さな手で鶴子の顔を触る。そう、わたしはここにいる。マドモアゼル鶴子はここにいる。鶴子は決意する。この子に教えてやろう。この子のほしいものを与えてやろう。鶴子は立ち上がる。

「姉さん?」

と顔をあげた小夜子が悲鳴をあげる。小夜子、ごめん。鶴子は金太郎を抱えて走る。かわいい小夜子、大好きな小夜子、弱虫の小夜子。姉さんはお前からうつつを奪った。小夜子、ごめん。お前をもう一度悲しませる。お前の金太郎をもらっていく。小夜子、姉さんは今度こそ約束する。金太郎を消さない。小夜子、せめて、ピンクのこんぺいとうを置いていく。

まっ茶小路旅行店

咲嬉子は社員三人の旅行代理店で働いている。三人なので誰もロッカーの鍵をかけない。咲嬉子はロッカーの扉も閉めない。去年、八十メートル離れた本社から三人で左遷させられてきた。もう会議にも呼んでもらえない。忘年会と歓送迎会には呼んでもらえる。先輩の光恵さんはこの異動が悔しくて、そういうものには一切顔を出さない。係長と咲嬉子だけはのこのこと出かけていく。あんたにプライドはないのかと、咲嬉子は光恵さんに言われる。ない。そんなものはない。

窓口では海外は本当に安全なのかとよく客に聞かれる。危険である。毎日のように本社から海外の危険についての情報が入る。感染情報も入る。最近三ヵ月の情報だけでも事務室の青いファイルは九冊目になる。咲嬉子は毎日このファイルを熟読しては、世界中の日常の危うさを実感している。窓口では笑顔である。世界平和を装う。テロも災害も知りません。世界は明るく、いつも何も変わりません。咲嬉子は毎日、アルカイダからも西ナイルウイルスからもこの地球を守っている。世界の平和な日常は咲嬉子たち三人の肩にかかっている。三人はブッシュ大統領もできなかったことを、未だに水洗便所の下水工事も受けられない京都の小さな路地でやっている。

店は二階建てのビルである。ビルは高さ制限の厳しい京都の町並みの中に、無理やり収まるように建っている。四方の壁にある窓は全てすりガラスである。窓を開けると、隣りの民家がすぐそこにある。ちょっと手を伸ばせば竿の洗濯物に手が届く。「見ないでください」と民家の窓には張り紙がしてある。咲嬉子は何度注意されても、すりガラスの窓を開けてしまう。時々、このビルの中で息が詰まりそうになる。一度、隣家の人と目が合った。「やめてください」と張り紙が増えた。「もうしません」と咲嬉子はビルの窓に張り紙をした。

この伝統的な地域で海外旅行は意外と需要がある。このあたりは未だに電話番号は近所で続き番号である。連番になった電話番号は数珠のように、ひとりひとりをつないでいる。誰もこの行儀よく並んだ玉の列から抜けられない。この数珠には何の危うさもない。この環には絶対的な安定がある。人だけではない。数珠につながった玉は、どれが今日でも明日でも同じ丸さである。その玉は輪になって始まりも終わりもなく次々とつながっている。このしっかりとつながれた日常から抜け出したくて、人は旅に出る。

旅は非日常だと言う。その非日常がほしいというが、本当に客が求めているのは日常的な非日常である。青いファイルには書いてある。「海外旅行中に地震に遭っても、国内のようには救助が期待できません。常に十日分の食料と水を用意しておきましょう」そんな非日常に備えて旅に出る人はいない。客が求める非日常は、その土地に今日も明日もずっと変わらずにある日常的な非日常である。プーケットやピピ島で被災した観光客があの青い海で期待していたのも、同じ日常的な非日常である。ああ、ここはいつもこんなに平和で穏やかだと、あの人たちは約束された非日常を信じていた。自分の日常を忘れても、異国の地ではその日常がほしい。結局、誰も非日常など求めてはいない。咲嬉子は客のほしがる日常的な非日常を作り出す。咲嬉子の語る世界は全て蜃気楼である。今日、申し込みを受ける客の身の安全など保障できない。

咲嬉子は旅に出ない。旅に出る人の気持ちはわかる。この街の中で生まれ育つ人は、地平線を知らない。眺める景色を持たない。夏の日に目を上げれば、隣りの部屋のように隣家の家の中が見える。目を伏せるのが礼儀で、声をたてないのが、ここで生活する術である。毎日、目を伏せて静かに過ごすのである。息の詰まることもある。すりガラスの中で毎日を過ごす咲嬉子もそうである。けれど、咲嬉子はこの仕事をして、旅が蜃気楼だと知っている。どんなに蜃気楼を追いかけても、そこに何も存在しない。砂足元に続く砂漠のような日常の上を、蜃気楼に向かって走っていく気になれない。砂の上で、ほら、あの美しい景色を見てくださいと遠くを指差しては、客だけそれに向かって走らせる。いやぁ、よろしいなぁと客は喜んで走っていく。咲嬉子はそういう人たちの後ろ姿を見送るだけの日々である。咲嬉子自身は毎日ぼんやりと砂の上に立ちつくしている。どこにも歩いていく気になれない。何も目指す気がない。試しに、ちょっと動くと砂の重さを思い知らされる。何もかも面倒で、このままじっとしていようと思ってもそれもできない。照りつける太陽が砂を灼いて、その熱に足の裏がやられて、じっとしていられない。足の裏がひりひりして、足で熱に灼かれていない砂を掘り出しては、またその上に立つ。その砂も時間が経てばまた熱くなる。そうなれば、また砂を掘る。毎日それを繰り返す。

そんな咲嬉子に光恵さんはしんきくさそうに言う。

「もしかして、あんたはベージュのパンツしか、はかへん女ちゃうか」

白もはきます。係長は、

「わしには早期繰上げ返済という使命があるのや」

と言う。でも、もし生まれ変わったら、来世は本社に復帰したいと言う。係長は逆境に負けない。本社から支給されたシュレッダーは手動である。光恵さんは「なんでやねん」とシュレッダーを蹴る。係長は鼻息をふんふんいわせて、ものすごい勢いでレバーを回す。必死である。とても必死である。この人なら、いつか本社の電動シュレッダーを抜ける。

咲嬉子には係長よりももっと崇高な目標がある。ここで世界平和を守って、いつかノーベル平和賞をとる。授賞式は出席しない。アメリカ国務省は北欧とバルト諸国にテロの脅威ありと、現地居住、旅行の自国民に危険情報を出している。蜃気楼のために危険を冒す気にはなれない。

第三土曜日は月一度の会議を三人でする。今月の唯一の議題は「冷蔵庫に二ヵ月前から残っているプリンは誰のですか」だった。

「わしのや」

と係長が言う。手まで上げる。会議は二分で終った。

咲嬉子のつける店の日誌は異動になってからずっと、「昨日と同じ」である。今日も明日も変わらない丸い玉が数珠になって続く。先日、咲嬉子の家であった法事は先祖の兵衛門さんの二百回忌だった。兵衛門さんがどういう人だったのか誰も知らない。咲嬉子の家は旧家でもなんでもないが、お寺の過去帳に名前が載っている限り法事をする。今日の時間と同じ環に二百年前という時間も収まっている。この街はスケールが大きいのか小さいのかわからない。数珠は小さな環に過ぎないが、この街ではその環の玉を永遠に数える。咲嬉子はこの店でずっとこの日誌をつけてもかまわないと思っている。

咲嬉子は毎日考える。見渡す限り続く砂漠の中で、足の裏の痛いほどの熱にどうすれば堪えられるか。サボテンになるしかない。この熱い砂に根を張るしかない。そうすれば、砂の中でじっとしていられる。サボテンになれば、咲嬉子の全身に棘が生えてくる。咲嬉子は思う。サボテンはあの何もない砂漠で何を警戒して、何を守ってあんな格好をしているのだろう。つい最近、咲嬉子はサボテンのように不恰好な自分の姿を母の三面鏡で見た。母が近所の子供の十三参りに咲嬉子のお古の着物をあげた。簞笥からは着物と一緒に赤いかんざしが出てきた。なつかしいと咲嬉子が自分の髪にさして鏡を見ていると、「あんた、あほちゃうか」と母があきれた。本当にあほな姿が鏡に映っていた。子供のかんざしを髪にさした咲嬉子は、もうそんな赤いものを身につける年ではない。咲嬉子は鏡の自分を見て、サボテンがこんな不似合いな花をつけるのを思い出した。サボテンの赤い花はあの砂漠で誰の目を引くために咲いているのか。あの花は何を待っているのだろう。あの花に報われる日は来るのだろうか。咲嬉子はそのかんざしだけは手放せなかった。「髪につけたもんやさかいなぁ」と近所の人には言い訳をした。店の咲嬉子の事務机のペン立にはそのかんざしがさしてある。

「派手な耳かきやのう」

と係長が言った。違う。これはいつかすりガラスの中でサボテンになったとき、髪にさして寂しい寂しいと揺らすのである。

月に一度、本社から課長が店の様子と日誌を点検に来る。全てのページが「昨日と同じ」と書いてある日誌を開いて、あほくさいのうと課長は言う。課長は次に店の忘れ物ノートを開く。一番多いのは携帯電話である。店の汲み取り式便所の底には今月だけで五台の携帯電話が落ちている。どこに置いてきたのかと持ち主は自分の携帯電話にかける。そのうち見つかるだろうと解約しない人もいるので、一日に何度か便所の底から電話が鳴る。たまに、便所に落としたので拾ってくれと言う客がいる。そういうときは咲嬉子は事務用のクリップを二メートルつなげて、懐中電灯で便所の底を照らして携帯電話を釣り上げる。嫌な仕事である。この仕事は月に二回ほどある。

「ほんま、堪忍やでぇ」

と客は言う。お安い御用と咲嬉子は笑うが、頼むから自分で拾ってほしい。

課長は点検のついでに夏の家族旅行の申し込みをしていく。本社の人は給料がいい。今年はパプアニューギニアに行くという。課長は無邪気に言う。

「自然がいっぱいや」

危険もいっぱいである。従来からの内政不安による治安の悪化や地震、火山活動の頻繁な観測に加えて、今年の初めに百人以上の囚人の大規模脱走事件があった。観光の際は気をつけなければならない。課長も青いファイルを見ない。世界平和を信じている。

その日は社員旅行の行き先希望のアンケートの提出日でもあった。係長は嵐山と書いている。近すぎる。咲嬉子は水道水の温泉と書いた。結局それが一番安くて安全である。光恵さんはまだ書いていない。どうするのかと咲嬉子が聞くと、

「月、宇宙旅行」

と答える。やっぱり、この人、あほだなと咲嬉子は思う。咲嬉子は光恵さんの名前のところに「月」と書く。光恵さんは得意げに言う。

「うちはＬＬサイズのパンツをはく女なのや」

しょうもない女である。

課長は帰り際に、春の歓送迎会の写真を置いていった。手品をしている課長の写真があった。課長はシルクハットから鳩など出さない。ナスビを出す。こういう発想が大事だと言う。課長は忘年会のときはシルクハットからタマネギを出した。去年の歓送迎会のときはジャガイモを出した。もう飽きた。

課長の写真を見て、光恵さんは一度くらい飲み会に顔を出そうかなと言う。結局、この人のプライドもたいした事はない。光恵さんは、今度、二人でなにかおもしろいことをしようと言う。

「シルクハットから、パンツ出したろ」

ひとりでやってください。テーマはパンツではない。

咲嬉子は課長の置いていった書類の束から、プーケット旅行のキャンセルについての書類を見る。従来のプーケット旅行の正規の料金でタイ本土へのビジネスクラスでの行き先変更が可能と書いてある。三人で手分けしてプーケット旅行をキャンセルした客に電話する。咲嬉子は東京弁の斎藤さんに電話する。斎藤さんはもともと光恵さんの担当だった。光恵さんは斎藤さんに面と向かって、

「東京弁って、おかまみたいですね」

と何の脈絡もなく失言した。咲嬉子は隣りで腰を抜かした。この人は左遷されるだけのことはある。その後、斎藤さんは便所に携帯電話を落とし、ますます不機嫌になった。それ以来、斎藤さんは咲嬉子の担当になった。咲嬉子は電話でタイの話をする。

「タイは微笑みの国、首都バンコクは天使の都、ゆうて、ええとこです」

タイの治安は悪い。人口比で日本の十四倍、凶悪事件が起きている。大使館、領事館への日本人の犯罪被害相談の年間総数は八百件を超える。デング熱も流行している。それでも、どんなときも合言葉は世界は平和です。お客様には日常的な非日常を提供します。世界は平和で明るい。信じていれば、いつもの世界がそこにある。

やっぱり、と斎藤さんは言う。どうしてもプーケットに行きたいと言う。

「大丈夫ですよ。皆さん、普通に楽しんではります」

と咲嬉子は言う。津波の被災地域の復興はまだまだ遠いが、観光地は受け入れ態勢

を整えている。プーケットの場合、津波の被害にあったのは島の中でも主に住民島で、リゾート島は一ヵ月も経たないうちから三分の二以上のリゾートが完全または部分開業している。治安もいい。プーケットに行けば、確かに平和な青い空と海がある。何もなかったように、今までと変わらず波は穏やかである。プーケットの青い海までがこうして観光客を騙す。これこそまさに蜃気楼だと咲嬉子は思う。この蜃気楼を咲嬉子はサボテンになりきれずに見ている。もし、年末にプーケットに行っていたらと斎藤さんは言う。「俺、命拾いしたなあ」と斎藤さんは呟いた。この人が命拾いしたかどうかはまだわからない。いつもなら「ほな、よろしゅう」と電話を切るところを、「よろしくお願いします」と斎藤さんに通じるように咲嬉子は言った。

「そんな喋りかたしたら、東京人になるでぇ」

と光恵さんはまたあほなことを言う。サボテンになるんですと咲嬉子は思う。

店が扱うのは観光旅行だけではない。電話番号の下二桁が五五の呉服屋の鷹井さんは夏の慰霊巡拝の申し込みに来た。鷹井さんは毎年、戦死した戦友の慰霊巡拝にフィリピンを訪れる。咲嬉子は鷹井さんにお茶を出す。鷹井さんはいつもそうやってくつろいでいく。鷹井さんが溜息をついて診断書がまだだと言う。高齢者の海外旅行には医師の診断書と家族の同伴が必要である。鷹井さんは血圧が高くて、正月に一度倒れた。路地が狭くて救急車が入れないので、若旦那が鷹井さんを背負って病院まで走った。「もっと細い救急車、作れや」と若旦那は泣きながら怒っていた。その後、二週間、鷹井さんは入院した。今回は検査の結果を待っている。

「どうやろなあ」

と鷹井さんは言って、慰霊巡拝の話をする。

「ダイバー雇って、海に潜ってもらうんや。わしはな、上からこうしてな、見てるんや」

鷹井さんが手を額にかざす。咲嬉子は瞬きをする。蜃気楼が見える。店の白い床が青い海に見えてゆらゆらする。おかしい。咲嬉子は何度も瞬きをする。青い海は消えない。いつも咲嬉子の足元にある砂漠がない。蜃気楼を作るのは咲嬉子の仕事である。ありもしない世界平和を語って、数珠から人を自由にする。咲嬉子は砂を探す。足元にはやはり海がある。足の裏のひりひりする熱さが今はない。海の心地よい冷たさが足から全身に伝わる。蜃気楼は遠くに見えるものである。こんな近くで、はっきりと感触のある蜃気楼があるだろうか。もしかして、あまりに長く砂漠をさまよっていたので、野垂れ死に寸前で、こんなものが見えるのだろうか。気付かないうちに末期になって、意識が朦朧としてしまっているのかもしれない。もうすぐここで干からびてしまうのだろうか。思えば短い人生だった。咲嬉子は心の中で手を合わす。お母さん、お嫁にいけなくてごめんなさい。本社の宮田先輩と付き合っていたけれど、左遷を機に疎遠になってしまいました。たった八十メートルの遠距離恋愛に疲れてしまいました。お母さん、最後のお願いですから、社員旅行の積立金で咲嬉子に立派な戒名をつけてください。咲嬉子の夢はサボテンになることでした。「仙人掌」の三文字を必ず戒名に入れてください。それから、あの十三参りのかんざしを棺に入れてください。

鷹井さんが青いファイルを開いて、

「物騒やのう」

と呟くと、青い海は消えた。急に砂の熱さが足を襲う。声を上げそうになる。こんなに熱い砂だっただろうか。急いで足で熱を持たない奥の砂を掘り出す。まだまだサボテンになれそうもない。鷹井さんは熱心にファイルを読んでいる。フィリピンは今年に入って同時爆弾テロが起こった。髄膜炎の流行も報告されている。

「今年も、手ぇ、合わせてやりたいのう」

と鷹井さんは言う。その後しばらくしてから、鷹井さんは「おおきに」と立ち上がった。

「気ぃ、つけてなぁ」

と咲嬉子は鷹井さんを玄関まで送った。とぼとぼと歩いていく後ろ姿は、咲嬉子が見送るどの客の背中とも違う。去年、咲嬉子はどういうふうにこの人を旅へと見送ったのだろう。この人の旅はどんな旅なのだろう。年月の経ったフィリピンで手を合わせる鷹井さんにとって、過去は手の届かない蜃気楼ではないのだろうか。毎年鷹井さんが歩いていく蜃気楼は、一度も鷹井さんを裏切らないのだろうか。鷹井さんは足元の砂の重さや熱さをなんとも思わないのだろうか。


次の日も、咲嬉子はすりガラスのビルで世界平和を謳う。その日は、季節はずれの大型台風接近で変な雨が降っていた。ニュースは台風の近畿地方接近を伝えている。農家の人がああまたかと雨に打たれている。この人たちはまた失う。こんなときにも平和な客が来る。斎藤さんが旅行の申し込みと海外旅行傷害保険の手続きに来た。斎藤さんはいつもサングラスをかけている。何が眩しい。斎藤さんは用を済ますと、あのときの携帯電話はどうなったかと聞いた。

「時々、お便所で鳴ってはります」

と咲嬉子が答えると、斎藤さんは溜息をついた。斎藤さんは京都の生活に疲れている。今すぐにでもこの狭い街を離れて、プーケットに飛んでいきたいと思っている。

斎藤さんが帰った後、咲嬉子はふざける。

「斎藤さん、多分、好きな言葉、『個性』」

だって東京の人やもーん、と咲嬉子が笑うと、光恵さんは、

「何が『個性』や。そしたら、あの男は赤いパンツはけるんか」

とつっこむ。咲嬉子は鷹井さんの青い海など忘れていた。

その日は台風のために三人ともビルに泊まった。台風は夕方から急に進路を変え、京都を直撃した。浸水に備えて、一階の店から全てのものを二階の事務室に運ぶ。暴風雨で、地震のようにビルが揺れる。雨戸のないすりガラスは風の勢いで割れそうである。明日、もし窓を開けて世界が消えていても、咲嬉子はずっとここで世界平和を守っていく。

深夜になってビルの一階が浸水した。昨日、青い海が見えた店の床に泥水が入ってくる。こうなると便所が危ない。汲み取り式の便所は断水には強いが、浸水すれば汚物が溢れる。ビルの入り口からどんどん入ってくる水に三人ともおろおろする。

「便所にサランラップかけよう！」

と光恵さんが言う。こんなことを思いつくのはこの人が初めてではない。咲嬉子の母も来客時に便所の匂いが気になると、朝から便所にサランラップをかける。斎藤さんが羨ましいなと思いながら、咲嬉子は光恵さんと便所にサランラップをかける。そういえば、サランラップは耐水性なのかと咲嬉子が思った途端、雷が鳴って停電した。こういうときに限って、懐中電灯が見当たらない。しかたなく、キャンプ用のテレビの明かりを頼りに、サランラップを何重にもかける。水位はどんどん上がって、便所のドアからも水が入ってきた。咲嬉子は光恵さんと二人でサランラップの端を押さえる。便所を死守する。水はどんどん便所に流れてくる。世界平和もへったくれもない。この便所、この危うい便所。守っても守っても水は流れてくる。テレビひとつの明かりで、二人で手と足でサランラップを押さえる。顔に泥水のしぶきがかかる。嫌である。こんなところで、日常は危ういなどと思い知らされるのは嫌である。腹が立つ。

京都のあほ、伝統のあほ。今度生まれてくるときは東京人になる。ぴかぴかの白い陶器の便器と眩しい銀色のレバーの、あの水洗便所のあるところに生まれてやる。来世は水洗便所のついた会社で働く。流し忘れには気をつける。

「うちらは何をやってるんやーっ」

と光恵さんは叫ぶ。咲嬉子もわからない。こんな夜中に何をやっているのか。水の勢いは強い。なんでやねん、なんでやねんと情けなくて泣けてくる。咲嬉子が水流によろめいた途端、サランラップごと水が便器の中に流れ込んだ。二人とも呆然とする。もうすぐ水がもっと茶色になる。覚悟したが、その後、水はもう流れてこなかった。

暗闇の中でキャンプ用のテレビからテレビショッピングが始まる。パンツ五枚組である。色はカラフルな五色です、と女の人が言う。光恵さんは言う。

「さっこちゃん、こりゃ、安いで。共同購入しよう」

こんなときにパンツを買う光恵さんは大物である。

「パンツくらい、派手なん、はいたらどうや」

咲嬉子は断れない。光恵さんには恩がある。客に絡まれたときに、いつも係長よりも早く助けてくれる。客にストーカーされたときも、光恵さんのおかげで難を逃れた。

人間関係はパンツよりも大事である。光恵さんは携帯電話からパンツの注文をする。待っても待っても話中である。意外と人気のあるパンツ。咲嬉子も光恵さんも黙って待つ。二人とも疲れていた。

そのまま朝まで、水が引くのを店で待った。水が引くと、水をたっぷり吸った泥が店の床一面に残った。この泥が乾く前にシャベルで外にかき出してしまわなければならない。泥の中からはたくさんの紙も出てくる。浸水したとき慌てていたので、パンフレットのラックを玄関に置いたままだった。世界中のパンフレットが泥まみれになって出てくる。客が信じて、咲嬉子が築く嘘の世界平和が泥の中で色を失っている。咲嬉子はよくわかっている。ここに青い海などない。咲嬉子は湿地帯のような一面の泥にシャベルを差し込む。シャベルの先はすぐに店の床に当たる。白い床があるだけだ。いつもそうである。泥をすくったシャベルを持ち上げると、紙の破れる音がした。シャベルが埋もれていたパンフレットの表紙だけをすくい上げてしまった。表紙を失ったパンフレットの泥を免れたページには、青い海の写真がある。鷹井さんの言っていた青い海。青い青い海。咲嬉子もあのとき見た。何度瞬きしても消えなかった。鷹井さんが壊れた世界の綴じてあるファイルを開くまで、咲嬉子の目の前に青い海が広がっていた。その青い海がまた足元に見える。咲嬉子は混乱する。もう一度考える。何が蜃気楼か。蜃気楼はどっちか。咲嬉子は必死で泥をかき出す。白い床を探す。この下にある。必ずある。

「さっこちゃん、シュレッダー回す係長みたい」

光恵さんが咲嬉子の必死さを冷やかす。咲嬉子は無視して泥をかき出す。ここで頓挫してはいけない。咲嬉子の求める答えは蜃気楼が何かである。なぜ、あのとき鷹井さんの青い海の蜃気楼が見えたか。息苦しさを覚えるすりガラスの世界が青い海に見えたのはなぜなのか。いつもの砂漠はどこに行ったのか。

咲嬉子が黙って泥をかき出していると、本社の人が新しいパンフレットを持ってきた。店を閉めていても外にはパンフレットを出しておく。そうすれば、営業時間の申し込みにつながる。咲嬉子はラックを雑巾で拭いて、パンフレットを並べる。表紙が青い海や空のパンフレットは多い。咲嬉子があのとき見た蜃気楼はこういう青さだった。あの海はどこからきたのか。

急に店の電話が鳴る。鷹井さんだった。検査の結果がよかったと言う。診断書を書いてもらえそうだと言う。今年の夏も鷹井さんはフィリピンに行くことができる。

「気ぃ、つけてなぁ」

と咲嬉子は言う。

「今日はええやろ」

と係長がビルの窓を開けた。近所の家も皆、窓を開けている。風と日の光がビルに入る。この街の家の中は暗いので、室内に射す日の光はどこよりも明るく感じられる。狭い家に入る風は丘の上よりもすがやかである。

咲嬉子はまたラックに戻って、新しいパンフレットを並べる。光恵さんと係長は泥かきの最後の追い込みをする。狭い店もこういう仕事をすると結構広い。

「わっ、ものすごい見苦しいもんが出てきた」

光恵さんが急に言う。この人とあまり関わりたくない。

「さっこちゃん、ほれ、見てみぃ」

もう話しかけないでほしい。光恵さんが差し出すシャベルの泥の中に課長の写真がある。ナスビを持って笑っている。この人に勝てるのは光恵さんのパンツしかないかもしれない。

最後に三人で店の床にモップをかけた。やはりここに白い床があると確認して咲嬉子は帰った。

咲嬉子が家に帰ると、近所中が浸水した畳を路地に干していた。咲嬉子の母は勝手に路地に「通行止め」の看板を出した。警察官が来て、勝手にそんなことをしてはいけないと母に言う。咲嬉子は他人の振りをして家の中に入り、二階に上がると布団を敷いた。とても疲れていた。布団に入って、天井を見つめる。咲嬉子の家の天井は古くなって、もう平らではない。咲嬉子は溜息をつく。あれは何だったのだろう。咲嬉子は白い床に何を見たのか。あの青い海は何か。

外から母の怒る声が聞こえる。まだ警察官と言い合っている。

「何で畳、干すのにあんたの許可がいるねん。パンツ干すのも届けるんか」

またパンツかぁと咲嬉子はぼんやりと思う。閉じかけた目をもう一度開ける。木目の黒ずんだ天井が見える。月日が経つにつれ、天井は重石を載せられたようにたわんでいく。よくこの台風に耐えたものである。疲れた体が砂の中にいるように重い。徹夜で便所を死守し、夜明けとともに泥かきをした。泥をすくうシャベルのあの重さ。咲嬉子は必死で白い床を探した。床は確かにあった。疑いようがない。鷹井さんの青い海が何かわからないまま、睡魔が襲う。重い瞼には天井の木目がゆらゆら揺れて、砂漠に見える。いつも咲嬉子はこういう砂漠に立ちつくしている。遠くに蜃気楼ばかりを見て、それを追いかけたことも、それに触れようとしたこともない。蜃気楼は人に現実を思い知らせる。見る人の目を輝かせ、疲れた体に残った最後の力を自分にめがけて消耗させる。たどりつかなかった人が、ああと膝をつき、こぶしを握り締めても砂しかない。熱い砂しかない。台風でますます大きくせり出した天井に見下ろされて、咲嬉子は砂漠にいる錯覚に陥る。この景色の向こうに手の届かない蜃気楼がいつも見える。咲嬉子は鷹井さんの声をもう一度聞く。

「ダイバー雇って、海に潜ってもらうんや。わしはな、上からこうしてな、見てるんや」

砂漠の向こうに海が見える。鷹井さんの青い海が遠くにある。咲嬉子はいつもの砂の熱さを思い出す。どうすればいい。足の裏のこの痛い熱さをどうすればいい。歩く。「おおきに」と力なく立ち上がって、肩を落とし、とぼとぼと歩いていった鷹井さんの後ろ姿を思い出す。咲嬉子は歩く。わたしはサボテンではない。わたしは動く。わたしは目指す。わたしは近づく。青い海は消えない。目の前に広がる。これを見た。

これと同じ青い海をあのとき店の床に見た。どんなに瞬きしても、この景色は嘘ではない。ここに海がある。咲嬉子は海に入る。全身に澄んだ水が染み渡る。足の裏の熱が静かに消えていく。ずっとこの海がほしかった。この海がいつもの景色の中に必要だった。この海がなければ、からからに乾いてどこかに飛んでいってしまう。何もない砂漠に赤いかんざしだけが残る。

鷹井さんが言っていた。慰霊巡拝から帰ってきたら、いつも思う。ここにあるものこそ全て蜃気楼。年に一度、あのフィリピンの海を見なければ、ここで呉服屋などしていられない。斎藤さんもプーケットから帰れば、一瞬わからなくなる。青い海の世界平和と京都の毎日のどちらが蜃気楼か。旅は確かな日常さえ蜃気楼にしてしまう。そうやって蜃気楼にしてしまわなければ、人は数珠の中でじっとしていられない。咲嬉子は考える。空と砂しかない景色の中で開いただけの目と焦点を合わせた目は違う。当てもなくさまよう足は疲労するが、指差したものを目指す足には力が蘇る。だから、人は旅に出る。鷹井さんはフィリピンに行く。

咲嬉子は深く息を吸う。青い海に沈む。あのかんざしはもういらない。

初出

初子さん　「文學界」　２００４年12月号　『うつつ・うつら』所収
うつつ・うつら　「文學界」　２００５年10月号　『うつつ・うつら』所収
まっ茶小路旅行店　「群像」　２００５年５月号

本書は２００７年５月に文藝春秋より刊行された『うつつ・うつら』に「まっ茶小路旅行店」を加えたものである。

赤染晶子　あかぞめ・あきこ
一九七四年京都府舞鶴市生まれ。京都外国語大学卒業後、北海道大学大学院博士課程中退。二〇〇四年「初子さん」で第99回文學界新人賞を受賞。二〇一〇年「乙女の密告」で第１４３回芥川賞を受賞。二〇一七年九月永眠。著書に『うつつ・うつら』『乙女の密告』『WANTED!! かい人21面相』『じゃむパンの日』がある。

初子《はつこ》さん

著者　赤染晶子《あかぞめあきこ》

発行　二〇二五年四月十五日
二刷　二〇二五年六月二五日

装幀　仁木順平
発行者　加藤木礼
発行所　palmbooks
info@palmbooks.jp
https://www.palmbooks.jp

印刷・製本　モリモト印刷株式会社

ISBN 978-4-910976-04-4 C0093